KB153001

대명예술공연센터 기획 대본쓰기 프로그램

대명동엔 작가가 산다

두 번째 이야기

대명예술공연센터 기획 대본쓰기 프로그램

대명동엔 작가가 산다

두 번째 이야기

강신욱 · 박세향 · 박소영 · 박원종 · 이지언 · 최혜녕 지음

멘토 김성희 · 안희철 · 전호성

평민사

이 대본집은 대명공연예술센터에서 기획한
대본쓰기 프로젝트, '대명동엔 작가가 산다' (이하 대작)를
통해 만들어진 아마추어 작가들의 작품이다.
대작은 누구나 참여할 수 있는 프로그램으로
세 분의 기성작가를 모시고 수업을 진행하였다.
극작가를 발굴하고 공연의 시작이자,
가장 기본이 되는 대본을 창작하여 대명공연거리의
공연활성화를 위해 기획되었다.

차례

대구장 가는 버스

강신욱
멘토 김성희

등장인물

군위 : 여 90대 초반. 10대 중반에 여기로 시집을 왔다.
영천 : 여 80대 후반. 20대 초반 영천에서 여기로 시집을
         왔다. 남편은 중풍에 걸려 고생하다 10년 전 저세
         상으로 갔다. 4남매를 두었으나, 모두 대구, 부산에
         산다.
안강 : 여 70대 후반. 20대 초반 안강에서 여기로 시집을
         왔다. 남편을 일찍 잃었다. 자식이 있었으나, 병으
         로 지금은 아무도 없다. 다리가 아파 유모차를 끌
         고 다닌다.

장소

한적한 시골 마을.

무대

마을 입구에 있는 종류가 다른 일인용 소파가 세 개있다.
그 뒤에는 평평한 바위가 있다. 소파는 매우 낡아 보이지
만 매일 청소한 듯 매우 청결하다. 소파 오른쪽에 은행나
무가 바로 붙어 있다. 무대 왼쪽 끝에 버스정류장 표시가
있다.

《새벽》

귀뚜라미 소리가 간간히 들린다. 군위는 은행나무 옆의 바위 위에 앉아 멀리 떨어져 있는 자신의 집을 그저 멍하니 쳐다보고 있다. 그러곤 바로 익숙하게 소파를 닦는다. 걸레를 정성스럽게 은행나무에 걸어둔다. 주위에 있는 물건들도 가지런히 정리를 한다. 소파 가운데 앉아 옷매무새를 다듬는다. 소리도 없이 버스는 소파 바로 앞에 멈춘다(무대 오른쪽에서 파란색 조명이 들어온다). 군위는 자신이 하고 있는 머리핀을 나무에 꽂는다. 군위는 행복한 웃음을 띠며 버스에 오른다. 버스는 곧 출발을 한다.

암전.

사이.

무대 서서히 밝아진다.
머리핀과 걸레는 나무化 되어있다.

영천은 소파에 있는 걸레를 이리저리 살펴본다.

안강　(유모차를 끌고 오며) 새벽바람은 뭐같이 불디만, 아침부터 와이래 덥노. 뭘 할라꼬?

영천   바꿔야겠다.

안강   (앉으며) 그리 닦으니 안 닦으요.

영천   (걸레질 하며) 니 낼 올 때 예쁜 거 하나 들고 온나. 니가 들고 올 차례다.

안강   예쁜 거… 분홍색 빤스? (사이) 그기 잘 닦기긴 하더라.

영천   (계속 걸레질하며) 그거는 니가 쓰고… 찌린내 나는 거 말고, 쓰던 거 가지고 온나.

안강   참말로 걸레가 걸레지 뭐 그리 까다롭노… 알겠다.

영천   (안강을 흘겨보며) 분홍색? 니 그거 전에 그거 아이가? 빨간색?

안강   아따 날카롭네. 빨간색 그거 계속 빨다 보이 분홍색이 되는 기라.

영천   아직도 못 잊었나.

안강   뭐라카노. 아까버서 계속 쓰는 기지.

영천   가가 춘… 머꼬 니 어릴 적 동무….

안강   (걸레를 뺏으며) 춘삼이.

영천   가도 참 희한하다. 예쁜 선물이 그리 많은데… 빤스가 뭐고.

안강   내가 사돌라 캤으요. 뭐 가지고 싶냐 묻길래. 저승 갈 때 예쁜 거, 내가 좋아하는 빨간색 예쁜 거 카니까. 그걸 들고 오는 기라. 지가 카더라고 사람은 빤스가 중요하다고. 사람 염질할 때 (작은 목소리로) 구멍난 거 있으마, 염쟁이가 속으로 욕한다고….

영천 맞나. (웃으며) 그라마 내도 예쁜 거 하나 사도… 춘삼이… 한 십년 된나?

안강 기억도 안 나요. 그거 하나 주고… (작은 목소리로) 다시 온다 카디.

영천 둘이 보기 좋았다.

안강 망측하구로. 죽은 서방이 놀라가꼬 찾아오마 어짜노.

영천 그러던가 말던가… 욕했쁘라, (하늘을 보며) 지 혼자 잘 놀다 가이, 내 혼자 남아서 니 뒤치닥꺼리 한다고.

안강 이제는 욕하는 것도 지겹다.

영천 (웃으며 걸레질 한다) 나도 그렇다.

안강 손목 아프다 카면서.

영천 (걸레를 보며) 이게 낡으이 더 안 된다.

안강 (소파를 만지며) 깨끗하구마 뭐할라꼬.

영천 니 눈엔 안 보이도 내 눈엔 다 보인다.

안강 좋겠다.

영천 (한참을 걸레질하다가) 마실 앞에 아스팔트가 깔리니….

안강 또 시작이구마.

영천 ….

안강 여러 모로 좋다.

영천 사방이 먼가 훤해 지는 것 같고.

안강 먼지는 들나제, 버스는 들나제.

영천 ….

안강 (영천 눈치를 보며) 애들 오기도 쉽제.

영천 훤해진 것 같은데… (앞산과 뒤쪽의 마을을 보며) 여하고 저하고 경계가 생기는 것 같아 답답다. 여 소파가 이 마실 끝 같고, 더 이상 가면 안 될 것 같고, 못 갈 것 같고….

안강 뭐가 끝이라. 버스도 가고 버스도 오고… (영천의 걸레를 소파에 놓으며) 꼭 내가 나서야 한다 아이가. 형님 내 잘 보소.

영천 뭘 보라카노?

안강은 영천을 한참을 보다가 영천 팔에 끼워져 있는 염주를 빼낸다. 그러곤 자신의 유모차를 끌고 건너편으로 달려간다.

영천 뭐하노?

안강 고시래.

영천 뭐라 카노.

안강 (염주를 멀리 던지며) 고시래 고시래.

영천 (화내며) 야가 뭐 하는 기고. 그기 뭔지 알고 카나.

안강 (되돌아와서) 잘 알제. 형님이 하루쬥일토록 돌리는 거 아이가. 그래가 내가 고시래했다 아이가.

영천 니 고시래가 뭔지는 알고 카나.

안강 잘 알제. 내하고 땅하고 나누는 거 아이가. 형님이 하
도 (앞산을 가리키며) 저 짜가 맴에서 멀어진다 카이 내가
고시래 한 거 아이가. 인자는 (앞산을 가리키며) 저 짜 저
분이 돌리라꼬.

영천 (안강을 흘겨보지만 그리 싫지만은 않은 듯) 못하는 소리가
없다. (유모차를 보며) 니 그리 왔다 갔다 하는 거 보이.
인제부터 니 차 내가 타고 댕겨야겠다.

사이.

안강 형님 맴이 그래도.

영천 내 맴이?

안강 안 카요 형님. 개똥이 아부지 돌아가실 때, 그때 말이
요. 그때가 아닌가….

영천 그때? 뭔 말이 하고 싶어 하노?

안강 묘소가 저 앞 언덕빼기에 있다고… 아스팔트 깔리면,
멀어진다고, (눈치 보며) 다들 좋아하는 아스팔트 깐다
고 했을 때 말이요, 혼자서만… 우리한테만 얼마나 궁
시렁궁시렁 했어요?

영천 옛날 일이다.

안강 참말로 오늘 따라 왜 이리 빡빡 닦는지 모르겠네… 와?

영천 (한동안 말이 없다가) 아스팔트 깔리니… 애들도 나가기

쉽제… 글고 개똥이가 뭐고 얼마 안 있음 가도 환갑이다.

안강 개똥이 보고 개똥이 카는데, 가가 개똥을 얼마나 좋아 했노. 지금 생각해 봐도 우습다. 가가 벌써 그리 된나? 아 들 크는 거 한순간이라 카디 그기 벌써 그런나. 부산서 큰 학교, 큰 선생님 한다 안 캤나?

영천 큰 학교 큰 선생님이 아이고… 대학교 교수님 아이가?

안강 그기 그기지. 하도 안본 지 오래 되가… (영천의 눈치를 살피며) 둘째도 선생 한다 안 캤….

영천 군위형님은 언제 갔는데 아직이고.

영천 걸레질한다.

안강 (걸레를 뺏으며) 이리 줘 봐라. 손목 아프다 카면서. 근데 아스팔트가 좋긴 좋다. 의자에 먼지도 덜 묻고.

영천 (걸레를 뺏으며) 지대로 해봐라. 아파도 내가 해야지. 영….

안강 근데 형님. 군위형님은 언제 온다 카드노?

영천 언제?

안강 그래 언제?

영천 군위 형님이 말을 했나….

안강 (영천을 보며) ….

영천	(안강을 보며) ….
안강	했는 거 같기도 하고 안 했는 거 같기도 하고.
영천	언제 갔드노?
안강	어딜 말이고?
영천	버스 타고 거기.
안강	거가 어디고?
영천	모르겠다. 어디 간다고 말을 했나… 안 했나.
안강	그러고 보이 했는 거 같기도 하고, 아닌 거 같기도 하고.
영천	참말로 희한하다.
안강	군위형님이 원래 말이 없다 아이가.
영천	버스 탄다는 말은 기억한다.
안강	나도 다른 거는 몰라도 그거는 알고 있다.
영천	알고 있으면, 몇 번 탔다 카드노?
안강	내도… 같이 들었으면서… 여튼 한 달하고 보름쯤 후에 온다 안 캤나.
영천	(안강을 한참 바라보다) 같이 들었나….
안강	걸레 봐라 너덜너덜 한 게 오래 썼다.
영천	오래 썼다.
안강	늙었다.
영천	(걸레를 보며) 맞다. 내처럼….

안강 걸레를 들어보며.

안강　기억나요?

영천　뭐?

안강　(뒤쪽 바위를 보며) 내하고 형님들 하고….

영천　참 요상한 것이… 사는 게 힘들 때마다 걸레질만 하면, (가슴을 가리키며) 단단하이 막힌 게 확 내려간다 아이가. 희한하다.

안강　맞다. 글캐도 걸레가 너덜너덜하이 내 같기도 하면서도… 힘든 게 날아가는 것 같기도 하고… 우스우면서도 슬픈 게 아침 묵고 슬슬 마실 나와보마 항상 군위 형님이 여서 걸레질하고 있었다 아이가. 내도 가만히 앉아 같이 걸레질 하고 있으마 (영천의 손을 잡으며) 언제 왔는가 모르게 형님도 슬며시 옆에 앉아 걸레질 하고 있고….

영천　요새는 니가 더 극성으로 닦는 거 같네.

안강　형님들 없어지면 어쩌나하고 내 매일 여로 걸레질하러 온다 아니요.

영천　못하는 소리가 없다. (사이) 내 여로 시집왔을 때 저 짝 산 넘어 안 왔나. 시어마씨 등쌀에… 거보다 더 무서운 게 시누이 등쌀이다. 한 날은 도망 갈라꼬 집에서 길 따라 여까지 왔는데, 누가 (소파 뒤 바위를 보며) 저를 열심히 걸레질 하는 기라.

안강　맞다. 의자 생기기 전에는 저 짝에 앉아 이야기도 나누고 걸레질도 했는데… (소파를 만지며) 언제부터 이게 생겨 저를 안 간다.

영천 뭐할라꼬 저를 가노. 지금이 좋지 저만 생각하면… 세월 빠르다… 언제 저를 벗어나나 싶디만… 죽을 때가 다 되이 벗어난나….

안강 (영천의 말을 돌리듯) 여자는 차분데 앉으면 안 된다. 돌삐가 가을부터 얼매나 차가버졌노.

영천 여자가 아를 날 수 있어야 여자지. 할매가 여자가?

안강 할매는 여자가 아니고 뭐꼬?

영천 할매는 그냥 사람이다.

안강 그럼 할배들하고 똑같이 서서 싸지 와 앉아 싸노?

영천 오줌빨 힘이 없어가 다리에 질질 싸는데 어째 서서 싸노?

안강 글케. 그라이 할매는 할배랑 다르다.

영천 (웃으며) 니 말이 맞다. 할매도 여자다.

웃는다.

사이.

안강 각설하고… 그래. 아까… 도망가다가… 걸레질하고.

영천 (웃으며) 도망치는 거 들킨 것 같아. 얼굴이 빨가이 있는

데, 거가 나를 가만히 보디, 자기 걸레를 주는 기라. 나
도 모르게 돌삐를 닦았제. 그라이 맘이 편안해지고. 용
기도 생기고, 다시 길 따라 올라갔다 아이가.

안강 맞나? (영천을 보며) 그라이 내한테도 그랬나?

영천 그라이.

안강 우습다. 언젠가부터 걸레질 하는 거만 봐도. 서로서로
맘을 다 알았다 아이가.

영천 요새는 (걸레를 보며) 이거 줄 사람도 없다.

안강 (걸레를 들며) 형님, 담에 아 들 명절날 오마 찌짐 대신
이 걸레 싸주소. 이게 내 맘이고 너거들 이걸로 키웠다
고, 꼭 싸주소.

영천 버스 온다.

버스 정차했다가 출발한다. (버스 소리. 버스정류장에 밝은 조
명 들어왔다. 꺼진다)

안강 아이고야 뭔놈에 사람들이 이래 많이 탔노.

영천 많드나?

안강 못 봤나 두 손 한가득이다.

영천 오늘이 장날이가?

안강 그런가보네….

영천 너거 시동생도 전에 간다카디 갔드나?

안강　　대구장에 갔을 끼다.

영천　　좋은 데 갔네.

사이.

구멍가게 어두운 불이 켜진다.

영천　　저 봐라.

안강　　어데?

영천　　저기 개밥바라기.

안강　　배고프다. 밥 먹고 가소.

영천　　웬일이고.

안강　　김치가 맛이 들었다.

영천　　언제 했노?

안강　　민들레, 이기 쌉쌀한 게 맛나더라.

영천　　좋다카겠다.

안강　　누가?

영천　　군위 형님 말이다. 얼매나 좋아했노?

안강　　안 캐도 생각이 나긴 나더라. 얼매나 좋아했노. 맛들었
　　　　다. 안 먹고 갈라요?

영천　　막걸리 있나?

안강　　(혼잣말) 이 아줌마가 나이가 들더이 술만 늘었네.

영천　　들었다. 언제 적인데, 아직도 아줌마고?

안강　　그럼 뭐라카노. 늙어 빠진 할망구라 카까?

영천　　(웃으며) 그래도 아줌마가 낫다. 얼마나 맛들었는지 가 보까. 찌짐도 굽자.

안강　　결국 갈 꺼면서 뭘 그래 궁시렁궁시렁 하노… (옆가게를 보며) 가면서 춘자네 가가 막걸리나 받아 가자.

영천　　김치는 니가 내보다 낫다.

　　　　　영천, 안강 구멍가게로 들어간다.
　　　　　서서히 암전.

안강　　(소리) 춘자야. 내 왔다. 이 마실 이쁜이들 왔다. 형님 오늘 내 차에 막걸리 한가득 실어가자.

　　　　　《과거》
　　　　　바위와 그 주변 조명 서서히 밝아진다. 군위, 영천 바위를 닦고 있다. 안강은 커다란 가방을 들고 울고 있다. 서로 서로 눈이 마주친다.

안강　　(조용하게) 이 동네도 사람이 있었네….

영천　　(군위를 보며) 형님. 내도 저캤어요?

군위　　(걸레질 하며) 맞다.

영천 형님도 저캤어요?

군위 하므.

영천 (안강에게) 얼마 전에 잔치가 있었다 카디. 니가?

안강 (끄덕인다) 네….

영천 내는 영천에서 왔고, 형님은 군위서 왔다. 니는?

안강 안강서 왔어요.

영천 (걸레를 주며) 자.

안강은 얼떨결에 걸레질 한다. 셋은 한참 걸레질 한다.

영천 니나 우리나 똑같다.

안강 (일어서며) 또 와도 됩니꺼. 두 분들 여기 계속 계십니꺼?

영천 (웃으며) 우리도 집 있다. 우리 이제 한동네 동무다. 여기가 우리 모임방이다. 울고 싶을 때 온다. 누구라도 있겠지.

군위 (안강을 보며) 곱다. 곱은데 와 이래 우노. 또 온나.

안강 (미소 지으며) 네… 형님들.

영천 (걸레를 들며) 니 꺼 들고 온나.

안강 (당황한 듯) … 네?… 네….

안강은 꾸벅 인사하고 집으로 돌아간다.

영천 (군위를 보며) 군위, 영천, 안강.

군위 (웃으며) 군위, 영천, 안강.

서서히 암전.

《과거》

바위와 그 주변 무대 밝아진다. 군위, 영천, 안강 큰 바위에 앉아.

안강 (웃으며) 좋다.

영천 마실 남정네들 상갓집에 갔다는데, 뭐가 좋아 그리 웃노. 영구네 할배 (하늘을 가리키며) 저짝에 가시다 니 웃음 소리 듣고 여 찾아와 노발대발 하겠다.

안강 그게 좋다는 게 아이고… 형님들하고 여기 이러고 있는 게 좋다구요. 카고 호상이라 카드만 뭐가 슬프노 안 그렇소 형님? (군위에게 동의를 구한다)

군위 호상… 그리 슬플 것도 없겠다. 가는 어른이야 한세상 잘살고 가는 거 뭐 그리 아숩겠노. 남아 있는 사람만 슬픈 게지.

안강 저쪽은 울고, 여쪽은 웃고.

영천 니는 이리 있는 게 그리 좋나.

안강 좋지요. (군위의 무릎베개를 하며) 형님들 하고 있으이 좋

24

지요.

영천 (걸레질 하며) 그케도 죽는 거는 다 슬픈 기다.

안강 누가 안 슬프데요. 지금이 좋다는 기지. 그라고 걸레 좀 치우소. 오늘은 내가 궁구이로 다 닦았으이.

셋은 눕는다. 그러곤 서로 손을 잡는다.

안강 풀벌레 소리 좋다.

사이.

군위 (천천히 일어서며) 난 죽는 게 무섭다.

영천, 안강 흠짓 놀라며.

안강 우리가 있는데, 뭐가 무섭노.

영천 형님….

사이.

군위 (안강을 보며) 니가 호상호상 카면서, 춤출까바 무섭다.

안강 설마… 춤은 안 추께요. (자신의 머리핀을 군위에게 달아주며) 이거 보고 무서워 하지마소.

영천 (군위의 손을 잡으며) 곱다.

군위 쭈굴쭈굴한 게 뭐가 곱노. 안강이 곱지.

영천 (군위에게) 형님이 더 곱아요.

안강 (군위에게) 우리 중에 형님이 제일 곱고, 담이 내고, 담이 영천이다.

영천 (웃으며) 니도 서방 뒷바라지 십여 년 해봐라. 이리 안 되나.

셋 웃는다.

군위를 시작으로 다들 일어서서 노래하며 춤을 춘다.

안강 저는 울고 여는 웃고

일동 저는 울고 여는 웃고

영천 저도 웃고 여도 웃고

일동 저도 웃고 여도 웃고

군위 가신 님아 어서 가소

일동 가신 님아 어서 가소

군위 가거 들랑 걱정 말고

일동 가거 들랑 걱정 말고

군위 달님 보며 별님 보며

일동 달님 보며 별님 보며

군위	가신 님들 기억 하지
일동	가신 님들 기억 하지

서서히 암전.

일동	저는 울고 여는 웃고
	저는 울고 여는 웃고
군위	저도 웃고 여도 웃고
	저도 웃고 여도 웃고

《현재》

무대 밝아진다. 영천, 안강 소파에 앉아서.

영천	버스 올 시간 안 됐나?
안강	시간은 아나?
영천	아침 묵고 여 안자 있으마 온다켔는데.
안강	요새는 입맛이 없어 가꼬, 오늘 아침은 안 묵었는데…
	그래가 안 오나?
영천	그라마 오늘은 안 오는가?
안강	그랄란가.
영천	온다. 군위가 온다 켔다.
안강	직접 들었나?

영천	니도 있었다 그 자리에.
안강	언제?
영천	언제고… 떡 먹은 날.
안강	(멍한 듯) 무슨 떡? 수제비?
영천	그거는 저번이고, 수제비가 아이고 떡.
안강	그라마 그기 언제고.
영천	언제….
안강	요새는 떡 먹을 날이 없어가.
영천	떡 먹으마 기억날란가.
안강	무슨 떡?
영천	(소파 뒤로 가며) 소변 마렵다
안강	버스 타고 군위가 오는 거 맞나. (영천을 보며) 소리 좋다. 벌레 안 꼬이게 잘 처리하소. 사람이 겉으로 볼 때는 바르게 보이는데. 오줌 누는 거 보면 아닌 것 같기도 하고. 검은 머리도 새로 나는 것 같고….
영천	(소변보면서) 버스 타고 갔으니, 버스 타고 오겠지.
안강	형님 빨리 끝내소. 형님 소리 들으니 나도 마렵구만.

영천 나오고, 안강 소파 뒤에 가 소변을 본다.

| 안강 | 버스 오는가 잘 봐요. 딴생각 하지 말고. 내 오줌 눌 때 오면 버스 꼭 잡고 있어요. |

버스 천천히 지나간다. (무대 조금 어두워지며, 오른쪽에서 파란색 조명 들어온다) 영천은 그저 손짓만 한다. (파란색 조명이 꺼지며, 무대 밝아진다)

안강 (일어서며) 누구 땜에 땅이 질퍽해져가꼬, 힘들었네.

영천 방금 버스 지나갔구마….

안강 (이리저리 보며) 뭐라꾸요? 잡지 왜 안 잡노. 또 딴 생각한 거 아이가.

영천 그게 아이고 그냥 천천히 지나가더라고….

안강 그게 그 말이지… 형님은 내가 없으면 안 되는구마. 형님이 적극적으로 잡아야지. 답답하구로. 이장이 뭐라 캤어요. 앉아만 있으면, 버스기사가 다른 거 기다린다 생각하고 그냥 간다고, 캤어요 안 캤어요? 거 참 굼뜨구로. 손도 흔들고….

안강이 영천의 손을 잡고 흔든다.

안강 근데 희한하네. 와 그냥 가노.

영천 (멍하게) 그래 희한하네, 와 그냥 가노. 다 서는데 이거는 와 그냥 지나가노. 혹시 저 옆에 정류장서 손을 흔들어야 되는가.

안강 그런가… 군위형님이 여 있으면, 선다 캤는데….

영천 (안강이 잡은 손을 빼며) 참말로 상그럽다. 그냥 지나갈라 카마 와 천천히 지나가노?

안강 그래 갈라 카마 빨리 가지 천천히는 왜 지나가노.

영천 담에 올란가… 할매 하나밖에 없더구만.

안강 할매가 있었나?

영천 있었다. 우리를 빠이 쳐다보대.

안강 그라마 잡아야지 그냥 앉아 있으이 그냥 가지….

사이.

영천 우리를 빠이 보며 웃더라고.

안강 누가?

영천 그 할매가….

안강 웃더라고? (웃으며) 우습다.

영천 뭐가?

안강 우릴 뭐라고 생각했겠노.

영천 난 또 뭐라고. 버스 타고 가다가 밖에 보이 한 할매는 오줌 누고 있고, 한 할매는 멍하이… 가는 길 조심해서 잘 가라고… 그래 알겠지.

안강 우습다.

영천 우스운 것도 많다.

안강 담에 올 때는 적극적으로 (손을 흔들며) 해보소.

영천   (멍하게) 그라마 세워 줄란가….

서서히 암전.

《현재》
무대 밝아진다. 영천. 안강 파마머리를 하고, 소파에 앉아
있다.

안강   (거울을 보며) 어때요?

영천   뭐가 어떻노.

안강   염색한 거.

영천   십년은 젊어 빈다. 시집가도 되겠다.

안강   뭔 소리 하노. 형님은?

영천   와?

안강   염색은 와 안 했노. 춘자가 온 김에 다하지.

영천   넘사스럽구로.

안강   (영천의 머리를 살피며) 희한한 게… 뒷머리 끝에 봐봐라.

영천   내가 어찌 보노.

안강   (거울을 주며) 보소.

영천   뒤를 어찌 보노?

안강   맞네.

영천   그만하고 버스나 오나 봐라. 니 말 듣고 머리 했다가.

너무 뽀글한 거 아이가.

안강 그래야 오래 가지.

영천 오래 간다고….

안강 그래도 춘자가 머리는 잘해. 어릴 때 그리 속 썩이더만. 자 엄마가 얼매나 속 탔노. 요새는 야가 제일 잘한다. (영천의 눈치를 보며) 자식 키워봤자 아무 소용없다.

영천 (혼잣말) 맞다.

안강 내 말 듣고 머리 잘했제. 대구장 갈라 카면 이 정도는 해줘야지. 전에 군위형님도 대구장 가기 전에 머리 했다 아이가. 그때 얼마나 이뻤노.

영천 (머리를 만지며) 나도 이쁘나?

안강 이쁘다. 대구장 가면 총각들이 커피 한잔 하자꼬 쫓아다니겠다.

영천 나도 소싯적 이뻤다. 동네 총각들이 얼마나 힐끗힐끗 쳐다봤다고….

안강 (웃으며) 형님, 요새 말이 많아졌다. 이렇게 말 나누니 얼마나 좋노.

영천 내가 말이 많아졌다고?

안강 그리 무뚝뚝하던 사람이, 요새는 달라진 것 같다. 군위형님 대구장 가시고 부쩍 는 거 같다.

영천 그런가?

안강 내가 맞으면 맞는 거지 뭐 그리 의심하노. 그라마 이제

해보까.

영천   또 뭐할라꼬.

안강   머리 했는 기념으로… 이쁠 때 최고로 이쁠 때 할라고.

안강 유모차를 이끌고 도로를 건너가 유모차에 있는 흰옷을 멀리 던진다.

안강   (소리치며) 고시래, 고시래.

트럭 지나간다. (큰 소리)

영천   (놀라며) 뭐하노 야야.

안강   (돌아오며) 내도 형님 맨키로 고시래 했다.

영천   사고 나면 으짤라꼬.

안강   사고 나마.

영천   ….

안강   안 난다. 내가 두 형님 두고 어에 간다 말이고, 두 할마 씨 걱정되가 내가 먼저 어에 가노.

영천   말은 잘한다. 난 거는 순서 있어도, 간 거는 순서 없다.

안강   와 안 물어 보노?

영천   뭐 말이고?

안강   고시래 한 거.

영천　땅한테 줄게 뭐가 있겠제.

안강　오늘 나 이쁘나?

영천　이쁘다.

안강　(걸레질 하며) 형님은 옛날부터 궁금증이 없어. 사람이 뭘 하마, 뭘 했냐고 묻고 그래야지 서로 서로 말도 하는 거고….

영천　억수로 궁금해가 몬 물어 봤다.

안강　우리 아… 욱이 배냇저고리 그거 고시래 했다.

영천　와?

안강　어제 형님이 내한테 어떻게 했소?

영천　어제?

안강　내 손을 꼭 잡아주는데, 그게 억수로 좋았소.

영천　그렇나?

안강　밤에 가만히 있는데, 갑자기 옛날 생각이 나는 기라.

영천　….

안강　욱이 낳고 얼마 안 되는 날이라. 누워있는데… 누가 내 젖꼭지를 살살 만지는 게 아니겠소.

영천　어느 쪽?

안강　오른쪽.

영천　젖은 와 내놓고 자노.

안강　아따 흐름 끊긴다. 있어보소. 난 속으로 이 양반이 미쳤나 싶었제. 고거 달린 거는 고거밖에 생각 안 한다고….

영천　남자들은 밥숟갈 들 힘만 있으면 그 생각밖에 없다.

안강　그기 아이고, 눈을 떴는데. 우리 욱이가 내 젖꼭지를 물고 젖을 빨고 있대요. 젖먹이다 잠이 들었던 거 같은데….

영천　….

안강　다른 거는 생각이 안 나는데, 고거는 생각이 나, 우리 욱이 젖 빠는 거는, 모습도 생각나고 느낌도 생각나고… 희한하게.

영천　아 낳은 애미가 그거를 어예 잊노.

안강　새벽 내내 배냇저고리 보다가… 오늘 내가 참말로 이쁜 거 같아 들고 나왔소….

영천　귀한 거를… 어데 날라가마 어얄라꼬.

안강　그라마 더 좋고.

영천　(사이) 그라마, (저고리 방향으로) 멀리 멀리 가라.

안강　희한한 게… 슬플지 알았는데, 아이다 싶었제, 전에 형님 고시래 했을 때 형님 얼굴이 왠지 모르게 편안해 보이더라고.

영천　(안강의 얼굴을 만지며) 오늘 참말로 이쁘네….

안강　맞나?

영천　맞다. 고시래 하이 좋나?

안강　모르겠다. 그래도 맴은 편해진 것 같다.

영천　그라마 됐다.

안강	형님은 안 궁금허요?
영천	야가 뭐 또?
안강	군위형님은 고시래 멀로 하까.
일동	(웃으며) 걸레다.

서서히 암전.

《과거》

바위와 그 주변 조명 밝아진다. 군위는 바위에 앉아 걸레질하고 있다.

군위	잡것들… 잡것들….

영천은 힘없이 오며 바위에 앉는다. 앉자마자 걸레질을 세차게 한다.

군위	갔다 왔나? 어떻더노?

영천은 군위를 한 번 보고, 계속 걸레질이다.

군위	잡것들….

한참 후 안강이 울면서 온다.

군위 (안강을 보며) 서서 뭐하노?

안강은 살며시 걸레질 한다.

군위 잡것들… 니 잘못 아이다. 니가 잘못한 게 뭐 있노?
안강 그래도.
군위 니는 개안타. 아 먼저 간 게 와 니 잘못이고. 지 명이지
영천 (걸레질하다가 침을 뱉으며) 퉤.
군위 잘한다. (침을 뱉으며) 퉤.

안강은 군위, 영천을 보다가.

안강 (침을 뱉으며) 퉤.
영천 오줌도 씨게 누뿌라.
안강 참말로… 뭐할라꼬… 그라까….

안강은 살며시 뒤로 가서 오줌을 눈다.

영천 잘한다. 소리 좋다. 더 힘내서 사발팔방 팅가쁘라.

모두들 웃는다. 서서히 암전되며, 셋의 노랫소리 들린다.

《현재》

무대 밝아진다. 영천, 안강은 새 모자, 새 신발을 신고 소파에

앉아있다. 어느 사이 군위가 가운데 앉아있다.

영천   버스 오는 거 맞나?

군위   (고개를 끄덕인다)

안강   온다 안 그러나.

영천   그래 군위 형님은 잘 갔다 왔나?

안강   참 언가이 말 하겠다.

영천   형님 말 들어본 지도 오래된 것 같다.

안강   목소리 참 좋았는데….

영천   말을 했던가.

안강   안 들어 봤는가?

영천   (군위를 보며) 들어본 거 같은데… 기억이 안 난다.

안강   (영천을 보며) 형님 부를 때 어떻게 불렀노?

사이.

안강   나를 부를 때 어떻게 불렀노?

사이.

영천	이번 참에 오는 기 대구장 가는 거 맞제?
군위	(끄덕인다)
안강	참말로 궁금하네. 대구장 대구장 말만 들었지 어떻게 생긴지 모르이. 그게 어데 있노?
영천	여서 보마, 저짝 서쪽에 있다 안카나.
안강	해 지는 쪽. 좋을란가.
영천	군위 형님이 좋다고 안 하드나.
안강	그랬나?
영천	(군위를 보며) 형님 검은 머리 나셨네. 대구장이 좋긴좋은갑다.
안강	(거울을 보며) 나도 쬐매 생긴 것 같네… 요새 머리가 간질간질한 게 무슨 일인가 보이 검은 머리 날라고 그랬나보네.
영천	(거울을 뺏으며) 나도 보자. 나는 없구마.
안강	내가 전에 있다 안했어요, 뒤쪽에.
영천	대구장 그게 뭐라고 검은 머리가 다 생기네.
안강	말만 들어도 좋다.
영천	버스 오나?
안강	아직.
영천	와 이래 안 오노?

안강	뭐 그래 급하다고 서두르노?
영천	오늘 따라 유난히 날이 좋으이, 빨리 가고 싶어서 칸다.
안강	그러고 보이 날이 참 좋다. 볕도 좋고 신발도 좋고 모자도 좋고
영천	(군위를 보며) 우리 이쁘나? 좋네. 대구장 가는 기분 난다.
안강	대구장은 이 정도 해 줘야지. 곱다.
영천	이래 셋이 같이 가이 좋다.
안강	….
영천	언제 같이 갈 수 있었나.
안강	내는 안강에서 오고.
영천	내는 영천서 오고, 형님은 군위서 오고.
안강	이래 셋이 같이 가이 좋다.

버스 보인다. (무대 오른쪽 파란색 조명이 조금 보인다)

영천	인자 오는 것 같다.
안강	얼마나 기다렸노?
영천	기다린 거 맞나?
안강	거참… 물어보이….
영천	….
안강	모르겠네.
영천	모르겠다 어느 샌가 와 있네.

안강   오늘은 아침을 꼭 먹고 싶더라.

영천   내가 머라 켔노. 아침 먹고 여기 있으마, 온다 했잖아. (군위를 보며) 맞제?

군위   (고개를 끄덕인다)

안강   형님은 아침을 먹었는가?

영천   내는 일찍 묵었지. 새벽부터 어미소가 계속 나를 찾는 기라. 밥 챙기 주고, 그 참에 나도 묵었지.

안강   아침나절 소변보려고, 나가는데. 저 멀리서 애미소 하고 애기소하고 풀 뜯고 있대. 형님이 아침 드신 것 같아 급하게 왔제

영천   하도 울어싸이 풀어줬다. 거가 있었나?

안강   거기가 풀 뜯기 좋지. 볕도 잘 들고… 하늘 보기도 좋다.

영천   거기가 좋제… 바람 잘 불고, 볕이 좋은 데가 좋다.

안강   돈은 챙겼나?

영천   40만 원.

안강   아따 부럽다.

영천   만난 거 먹고, 좋은 거 보자

안강   (웃으며) 형님이 많이 벌었으이 나보다 쬐매 더 하소. (삶은 계란과 사이다를 보여주며) 이것도 있소. 여행할 때는 이게 최고다.

영천   다 된 거 같다….

안강   얼매나 가야 되는공. 오줌마려부면 어야노.

영천   내가 버스 꼭 붙잡고 있으꾸마(안강의 손을 잡으며) 꼭.

버스 소파 바로 앞에 멈춘다. (조금 어두워지며, 무대 오른쪽
에 파란색 조명 밝아진다.)

안강   (군위를 보며) 왔나?

영천   그렇네….

안강   (군위를 보며) 이거 타면 되는 기제?

군위   ….

안강   와 대답이 없노. (영천에게) 이거 타면 되는 기제?

영천   (멍하게) 그래… 대구장 가는 버스 맞다. 왔네….

안강   (군위와 영천의 손을 잡으며) 타자.

군위는 안강의 손을 살며시 놓는다.

안강   와.

군위는 영천을 한참 본다.

영천   알겠다. 무슨 말인지 내도 안다.

안강은 둘을 보며 어리둥절한다.

안강 무슨 분위기고, 둘이 뭐하노. 내 빼고 갈라꼬?

영천 안강아.

안강 와. 내가 오늘을 얼매나 기다렸는데, (영천에게) 형님도 알잖아. 소파도 닦고, 고시래도 하고, 머리도 하고, (사이다와 계란을 들며) 이것도 싸왔는데. 알잖아 형님. 내가 형님들하고 꼭 같이 갈라꼬, 얼매나 기다렸는데. 와?

영천 안강아.

안강 내 혼자 있으라고, 혼자 뭐하노, 형님들하고 가고 싶다. 우리가 같이 걸레질한 게 한평생이 넘는데⋯ 혼자 있으라꼬. 내 빼고 둘이서만 좋은 데 갈라꼬?

군위 (안강의 손을 잡으며) 안강아 니는 쪼매만 있어라. 쪼매만 있으마, 영천하고 꼭 다시 오꾸마. 그때 같이 가자.

사이.

안강 알겠다. 오늘은 형님들⋯ 아니 언니들이 먼저 가라. 난 기다리고 있으께. (걸레를 보며) 이거 닦으면서 기다리고 있으께. (걸레를 만지며) 이 걸레가 이렇게 슬픈지 이렇게 행복한지 몰랐다. 고마 가소.

영천 아 들은⋯.

안강 걱정마소. 때 되면 저거들이 돌아오겠지. 내가 여물 많이 주꾸마. 형님 오실 때까지⋯ (계란, 사이다를 주며) 가시는 길 체하지 않게 드시소. 소금 꼭 찍어먹고. 좋은 거 보고 담에 내 갈 때 좋은 거 보여 주소… 낼은 김치나 담가야 겠다. (군위를 보며) 영천 언니는 촌에서 나가 촌에서 평생 지내. 대구장 가면 길 잃지 않게 단도리 잘하소. 좋은 거 많이 보여 주고….

군위, 영천 미소로 화답한다.

안강   형님. (주저하며) 거는… 걸레…… 없지요?
군위   맞다. 없다. 그런 거 없어도 된다.
안강   (급하게 영천을 잡으며) 형님 (빨간색 속옷을 주며) 예쁜 거….
영천   곱다
군위   (안강의 손을 잡으며) 곱다. 울지 마라. 고운데 울면 되나.
안강   내 대구장 갈 때, 꼭 같이 가는 거 맞제… 약속했데이… 꼭 같이 가야 된다… 꼭 기다린다….

셋 꼭 끌어안는다.
군위, 영천 버스에 오른다. 버스 출발한다.

암전.

사이.

무대 밝아진다.

영천의 염주와 속옷은 나무化 되어있다.

안강은 가만히 앉아 소파를 만지고 있다. 한참을 멍하게 있다
가 걸레질을 한다.

안강 새벽에 개새끼들이 그리 짖어 쌌더만, 날이 춥어질라
그랬나. 오늘은 국시나 해먹자. 김치도 담그고… 여물
도 맛난 거 해야겠다. (걸레를 보며) 하도 빨아가 하얗게
되겠다. 이게 다 낡으면, 형님들이 오실란가….

사이.

안강 춘삼이도 올란가….

멀리서 소 울음소리 들린다.

안강 (일어서며) 간다. 배고프나. 오늘은 맛난 거 있다. 같이
먹자. 밥 얼릉 먹고 볕 좋은 뒷산에 같이 가자.

퇴장.
끝.

아무개

박세향

멘토 안희철

등장인물

김씨 (40대 중반 남성)
안씨 (40대 중반 남성)
집주인
교인
아들
아내
아줌마
학생
경찰

조명 밝아지면 김씨가 택배를 옮기는 움직임을 반복해서 하고 있다.

처음엔 보통 빠르기로 옮기다가 점점 빨라진다.

그러다 움직임은 점점 느려지고, 얼굴을 찌푸리며 허리를 두드린다. 곧 누군가를 향해 사과하는 모습으로 고개를 연신 조아린다.

조명 어두워진다.

잠깐의 암전 후 다시 조명 밝아지면, 김씨가 공장에서 프레스를 찍고 있는 움직임을 반복해서 하고 있다.

처음엔 보통 빠르기로 움직이다 점점 빨라진다.

이윽고 움직임은 점점 느려지고 꾸벅꾸벅 존다.

곧 누군가를 향해 사과하는 모습으로 고개를 연신 조아린다.

조명 어두워진다.

이른 새벽, 김씨가 낡은 가방을 매고 등장한다.

무언가를 기다리는 듯 초조하다.

그때, 한 남자의 목소리가 들린다.

소리   안녕하세요. 아이고, 새벽부터 많이들 나오셨네요. 오늘 하루도 힘냅시다. 하하. 자, 우선 오늘 1구역 가실 분이….

김씨는 간절한 눈빛으로 기다린다.

소리 아, 어제 갔던 분들이 가시면 되겠네요. 구 반장님, 이 씨, 한 씨, 최 씨 아저씨. 오늘도 잘 부탁드립니다.

남자는 아쉬운 듯 지나가는 사람들을 쳐다본다.

소리 2구역은 두 분이 필요하네요. 누구를 보내야 하나… 아! 이분들이 있었네. 이 씨랑 박 씨 아저씨. 오늘도 수고 좀 해주세요. 3구역은 오늘 새로 온 아저씨 두 분. 잘 할 수 있겠죠? 도움 필요하면 구 반장님 부르시고요. 네. 오늘은 여기까집니다. 다른 분들은 아쉽지만 돌아가세요.

이때, 김씨가 말을 건다.

김씨 저… 저는….

소리 아, 김씨 아저씨. 김… 흐음, 아저씨 어제 안 나오셨죠?

김씨 네… 몸이 좀 안 좋아서.

소리 에헤이, 월요일에 안 나오면 그 주는 일하기 힘들어요. 월요일에 구역이 대부분 정해져서 누가 빠지지 않는 이상 전날 했던 사람들 위주로 배치하거든요. 차라리

내일은 다른 사무소로 가보세요. 아, 누가 빠지면 연락
드릴게요.

김씨   아… 네….

소리   지금 아파트가 거의 완성 단계라 사람이 많이 빠졌어
요. 상황은 아시죠? 죄송합니다.

김씨   아닙니다. 하하. 가보겠습니다. 꼭 연락주세요!

소리   예예.

소리 사라지며 남자는 아쉬운 듯 터덜터덜 집으로 돌아온다.

김씨   시간이 늦어서 오늘은 다른 사무소 가 봤자 허탕일 거
고, 그래! 오늘 하루 더 쉬지 뭐. 잘 됐네. 오늘은 잠이
나 푸욱- 자야겠다.

'달칵' 문 여는 소리와 함께 집 안으로 들어오면 정리 안 된 너
저분한 방이 나타난다.

김씨   으… 더럽다, 더러워. 그럼 쉬는 김에 방을 좀 치워 볼
까? 보자보자. 츄리닝이 어디 있더라?

김씨가 편한 옷으로 갈아입는데 밖에서 문 두드리는 소리가
들린다.

집주인   (문을 두드리며) 아저씨! 집에 있죠? 금방 집으로 들어가는 거 다 봤어요! 맨날 쥐새끼처럼 요리조리 피해 다니더니, 드디어 잡았네. 잠깐 나와 봐요.

김씨   헉! 집주인인가? 아~ 집에 들어올 때 못 봤는데. 언제 봤지?

집주인   (계속 문을 두드리며) 아저씨! 이렇게 자꾸 피해도 소용이 없어요. 지금 월세 몇 달치 밀린지 알죠? 계속 이런 식이면 강제로 문 따고 들어가요? 아니, 봐주는 것도 한계가 있지. 맨날 일 나가는 거 같은데 왜 월세를 안 내? 혹시 일부러 안 내는 거 아니야? 월세 떼먹으려고?

김씨   (문을 열며) 아, 그건 아니에요! 월세, 내야죠. 하하.

집주인   이거 봐. 이거 봐. 오늘은 웬일로 집에 계시네? 아저씨. 아니, 나처럼 이렇게 월세 밀려도 봐주는 집주인이 세상천지에 어디 있어? 아저씨 사정 딱한 건 알겠는데, 그렇다고 이렇게 버티면 안 되지.

김씨   예… 알죠. 너무 감사하게 생각하고 있어요. 이번 주 안으로 낼게요! 꼭이요!

집주인   정말이죠? 내가 진짜 마지막으로 믿는 거예요. 제 이름 아시죠? 너그러울 유에 놈 자, 아니 사람 자. 제가 정말 이름처럼 너그러운 사람으로 살려고 노력해서 이 정도로 봐드리는 거예요. 이번에도 안 내면 정말로 방 빼요!

(조금 진정하며 김씨 어깨너머의 방을 둘러본다) 세상에, 집 꼴이 이게 뭐야? 돼지우리도 이것보다는 낫겠다. 잠은 어디서 잔대? 아저씨, 도대체 돈 벌어서 다 어디다 써요?

김씨 (멋쩍게 웃으며) 사정이 조금 있어서.

집주인 사정이야 있겠죠! 사정없이 이렇게 살면 그건 인간이 아니지. 집도 좀 치우시고요. 지금이 겨울이라 다행이지 여름 되면 냄새 엄청 나요! 집 망가지면 수리해야 되지, 수리하면 돈 들지, 돈 들면 월세… 알죠?

김씨 예예. 압니다. 암요. 그래서 지금 깨끗하게 청소하려고 옷 갈아입는 중이었어요. 정말로요!

집주인 어, 그러네. 내가 아저씨 성실해보여서 보증금도 남들의 반만 받고 방 내드린 거 아시죠? 방도 좀 치우면서 사시고, 월세도 내시고. 저도 똑같은 말 반복하기 지겨워요. 그럼 일단 가 볼게요. 이번 주 까지에요!

집주인 방에서 나간다.
김씨, 집주인이 나가고 방문을 잠그고 나서야 숨을 돌린다.

김씨 어휴, 겨우 갔네. 하여튼 말 많다, 많아. 그나저나 이번 주까지 안 내면 진짜 방 뺄 기세던데… 어떡하지. 수목 금 삼 일 일해도 월세 내기에는 부족한데, 돈을 빌려야 하나. (머리가 아픈 듯) 일단, 청소부터 하자.

53

김씨, 열심히 청소한다.

여기저기 널브러진 컵라면, 생수 페트병 등을 정리한다.

한 쪽에 잔뜩 쌓인 소주병이 눈에 띈다.

김씨 많이도 마셨다. 이게 다 몇 병이야? 팔면 소주 열 병은 사겠네. 이거 팔아서 오랜만에 맛있는 것 좀 먹을까? 냉동 족발에 소주 한잔 탁! 크으– 생각만 해도 군침 도네.

갑자기 알람이 울린다.

김씨 어? 9시 20분! 참 먹을 시간이네. 청소도 일은 일이니까 참은 먹어야지.

싱크대 찬장과 냉장고를 뒤적거린다.

김씨 아~ 현장 건너편에 함바집 진짜 맛있는데, 특히 할매 국수! 기가 막히지. 오늘따라 더 먹고 싶네. 쩝쩝. 국수 대신 뭘 먹을까나.

김씨, 열심히 뒤지지만 먹을 것이 없다.

김씨   집에 먹을 게 이렇게 없나.

그때, 싱크대 구석에 먹다 남은 생라면 반쪽이 있다.

김씨   나이스! 라면! …반 개. 이거라도 어디야. 물 많이 넣고 끓이면 되지 뭐. 어디보자… 스프가… 없네. 그럼 그냥 후라이팬에 구워 먹어야겠다.

휴대용 버너를 꺼내 불을 켜려고 하는데 불이 안 들어온다.

김씨   이거 왜 이래? 왜 불이… 아 맞다. 가스 없지. 이따 부탄가스도 사와야겠네. 일단은 생으로 먹자.

생라면을 씹으며 텔레비전을 켠다.
텔레비전에서 맛있게 음식을 먹는 소리가 들린다.

김씨   아… 맛있겠다. 대박, 라면에 뭘 넣는 거야? 으… 아까워라. 저 비싼 전복을 라면에 넣다니. 저런 건 버터 살짝 발라서 숯불에 구워먹어야지. 헐, 대게를 라면에 넣는다고? 미쳤다, 미쳤어.

이때, 누군가가 벨을 누른다.

김씨 우리 집에 올 사람이 없는데? 누구세요?

교인 형제님! 저예요!

김씨 … 이 권사님?

교인 네! 이정애에요. 어머나, 오늘 웬일로 댁에 계시네요? 문 좀 열어 주세요.

김씨 아, 네네.

김씨, 현관문을 열면 활발한 모습의 교인이 라면 5개 들이 한 봉지를 들고 서 있다.

교인 오랜만입니다. 형제님.

김씨 아 네. 권사님. 그런데 무슨 일로….

교인 좀 들어가도 되죠?

김씨 아… 제가 청소 중이라 집이 많이 더럽….

교인 (김씨의 말을 끊고 들어온다) 실례합니다.

김씨 잠, 잠깐….

교인 (김씨의 방을 둘러보고) 세상에… 하나님 맙소사. 형제님, 집이 이게 뭐에요? 하나님이 노하시겠습니다. (혼잣말로) 이 어린 양의 죄를 사하소서. 아멘.

김씨 제가 오랜만에 쉬는 거라 그렇습니다. 지금 청소 중이었어요!

교인 (김씨의 손을 잡으며) 안 되겠습니다. 형제님. 하나님의 이름으로 제가 청소를 도와드리지요. 이렇게 청소하시느라 바빠서 요즘 교회에 잘 안 나오시는 거죠? 제가 걱정이 너무 되지 않겠어요? 안 그래도 혼자 사신다는 이야기를 들었는데 혹시라도 무슨 안 좋은 일이 생긴 건 아닌가, 아파서 식사도 못하고 계시는 건 아닌가, 걱정이 이만저만이 아니었어요. 그래도 다행히 이렇게 건강하게 계시는 모습을 보니 마음이 놓이네요. 다 하나님 덕분입니다. 아멘.

김씨　감사합니다. 그래도 제 걱정을 해 주시는 건 권사님 밖에 없네요.

교인　제가 아니면 누가 형제님을 돌보겠습니까. 이것 또한 저의 몫이지요. 아참! 제가 라면을 가지고 왔어요~ 무려 4 플러스 1 아니겠어요~ 호호호. 안 계시면 문 앞에 두고 가려고 했는데 마침 계셔서 얼마나 다행인지 몰라요.

김씨　아유… 매번 감사합니다.

교인　별 말씀을요. (옷소매를 걷으며) 자! 그럼 청소를 시작해 볼까요? 제가 또 청소 하나는 끝내 준답니다. 오랜만에 실력 발휘를 좀 해야겠네요. 호호호. (휴대전화가 울린다) 아, 잠시만요. (전화를 받는다) 네~ 이정애입니다. 네 목사님. 지금이요? 알겠습니다. (전화를 끊는다) 어머나, 이거 어쩌죠~ 목사님께서 급히 교회로 들어오라고 하시네요. 제가 청소를 도와드리려고 했는데….

김씨 아닙니다! 가셔야죠. 청소는 저 혼자서도 충분합니다.

교인 정말 죄송해요. 이렇게 말을 꺼내놓고 실천을 안 하는 건 이 이정애 사전에 있을 수 없는 일이거든요. 제가 다음에 와서 꼭 청소해드릴게요. 아참, 그럼 형제님, 저랑 같이 화요예배 드리러 가실래요? (시계를 보며) 10 시 반 시작이니까 한 시간 조금 안 남았네요. 지금 준비해서 출발하면 딱 맞을 것 같은데.

김씨 제가 차림새가 이래서….

교인 어머, 그게 무슨 상관이에요~ 하나님은 사람의 겉모습을 보고 판단하지 않으십니다. 중요한 건 믿음이죠.

김씨 제가 아직 밥도 못 먹어서….

교인 제가 드렸잖아요~ 그거 드시면 되죠. 그렇지. 형제님 준비하시는 동안 제가 끓여 드릴게요! 그럼 후루룩 먹고 출발! 아유~ 너무 좋다.

김씨 아… 그게….

교인의 휴대전화가 울린다.

교인 잠시만요. (전화를 받는다) 네~ 이정애입니다. 아, 네 목사님. 네? 급하다고요. 네네, 네. 네, 알겠습니다. 바로 갈게요. (전화를 끊는다) 어머나~ 이거 죄송해서 어쩌죠?

제가 끓여드리기가 힘들겠어요. 목사님께서 급하다고, 빨리 오라고 하시네요. 아시죠? 우리 교회의 자랑! 유학파 존 목사님.

김씨   아, 예. 알죠. 알다마다요. (교인의 눈치를 보며) 저도 얼른 준비하겠습니다.

교인   그럼 저 먼저 갈게요. 형제님도 얼른 식사하시고 오세요. 이따 봬요~

교인, 서두르며 집을 나간다.

김씨, 크게 숨을 내쉰다.

김씨   휴… 하마터면 휩쓸려 갈 뻔했네. (라면 봉지를 보며) 그래도 라면 생겼네! 이번 주는 라면 안 사도 되겠다.

이때, 김씨의 휴대전화가 울린다.

김씨, 잠깐 동안 휴대전화를 물끄러미 바라보다 복잡한 표정으로 전화를 받는다.

아들   아빠!

김씨   어, 그래 아들.

아들   아빠, 잘 지내고 있어?

김씨   그럼~ 잘 지내고 있지. 너는?

아들	나는 잘 못 지내.
김씨	왜?
아들	그게, 이번 베케이션에 액티비티 캠프를 간다고 하는데 엄마가 돈 없다고 가지 말래. 나랑 친한 친구들 다 가는데 나만 가지 말래.
김씨	액, 액 뭐?
아들	액티비티 캠프!! 스키도 타고 스노우보드도 타고. 완전 재밌대! 나도 가고 싶어 아빠. 아빠가 돈 좀 부쳐주면 안 돼?
김씨	…얼마가 필요한데?
아들	엄청 싸게 갈 수 있대! 500달러!
김씨	5, 50만 원?
아들	응! 완전 싸지? 나 너무너무 가고 싶어 아빠. 내 친구 중에 맥스라는 애가 있는데 걔가 보드를 정말 잘 타거든. 이번에 가면 걔가 타는 법 알려준대. 나 보드 한 번도 안 타봤잖아. 캠프 안 가면 애들한테 완전 무시당할 거야. 아빠는 아빠 아들이 애들한테 막 무시당하고 그랬으면 좋겠어? 나 평소에도 애들이 안 해본 거 많다고 놀린단 말이야.
김씨	아, 일단, 일단 알았어. 아빠가 돈 마련해 볼게.
아들	아싸! 그럼 나 보내주는 거지? 엄마한테는 비밀이다?
김씨	알았어. 일단 국제전화 비싸니까 끊어.

아들	아빠. 이거 와이파이로 전화 한 거라서 돈 안 들거든? 그런 것도 몰라.
김씨	아, 그래? 그럼 전화 더 길게 해도 되는 거야? 요즘 엄마는….
아들	아빠 고마워. 사랑해! 끊을게! 뿅!

아들, 전화 끊는다.

김씨는 끊어진 전화를 한참 동안 바라보다 어딘가로 전화한다.

아내	여보세요.
김씨	어! 여보, 나야.
아내	웬일이야? 아직 돈 부치는 날짜 안 되지 않았어?
김씨	아니, 그게 아니라. 지원이 전화 왔더라고.
아내	지원이? (쉼) 혹시 캠프 얘기 해?
김씨	응….
아내	(한숨 쉬며) 내가 안 된다고 몇 번이나 이야기 했는데 결국 당신한테 전화했구나. 미안해 여보. 당신 힘든 거 아는데, 애가 지 친구들 다 가는 거 보니까 가고 싶은 가봐. 내가 다시 잘 타일러서 안 된다고 할게.
김씨	아니야. 내가 돈 구해볼게.
아내	자기 월급 날짜 아직 한참 남았잖아.

김씨	아… 월급… 가불해달라고 해보지 뭐.
아내	요즘 회사는 가불도 돼?
김씨	어? 아… 원래는 안 되는데… 내가 이 회사를 오래 다녔잖아. 사장하고 친하니까 잘 말하면 해 줄 거야.
아내	정말? 그럼 다행이고. 그나저나 당신, 혹시 회사에 무슨 일 있어?
김씨	응? 회사? 아니. 왜?
아내	아니… 요 몇 달 월급이 좀 줄어든 것 같길래. 감봉이라도 당했나 해서.
김씨	아, 아 그거? 요즘 회사 사정이 어려워서 직원들 월급이 조금씩 다 감봉됐어. 사정 나아지면 감봉된 만큼 더 준대.
아내	그래? 그래도 어렵다고 자르지 않아서 다행이다.
김씨	그럼~ 내가 회사를 얼마나 다녔는데. 나 같은 사람을 자르겠어? 못 자르지~
아내	그래. 당신이 그 회사에 기여한 게 얼만데. 양심이 있으면 못 자르겠지. (쉼) 여보, 고마워. 내가 괜히 욕심내서 당신만 고생시키는 거 아닌가 몰라.
김씨	아니야~ 아빠로서 당연한 건데 뭘. 너무 걱정하지 마.
아내	여보, 지원이 졸업할 때까지는 회사 절대 그만두면 안 되는 거 알지? 우리 지원이 미래를 위해서 당신 조금만 참아줘.

김씨 그럼… 알지.

아내 아 그리고 여보, 혹시 퇴직금 얼마나 남았지?

김씨 퇴, 퇴직금?

아내 우리 미국 올 때 퇴직금 당겨 받은 건 아는데, 그때 이후로 좀 쌓이지 않았어? 애가 크니까 집이 좁아져서, 조금 더 큰 곳으로 이사를 했으면 해서.

김씨 … 여보, 혹시 그냥 한국 돌아오면 안 돼? 나 혼자 사는 것도 너무 외롭고, 솔직히 클수록 돈이 많이 들 텐데 나 혼자서 감당할 수 있을까 걱정도 되고.

아내 지금 무슨 소리 하는 거야? 지금 들어가면 여태 쏟아부은 돈은? 일 년만 더 다니면 중학교 졸업인데. 지금 들어가면 지원이 중학교 다시 다녀야 돼. 그럼 다른 애들보다 몇 년이 뒤처지는 건데, 그게 말이 되는 소리야? 그리고 나도 여기서 일하잖아. 설거지도 하고, 마트 캐셔도 하고. 내 나름대로 자기 부담 덜려고 노력하고 있다고.

김씨 알지….

아내 하나밖에 없는 우리 자식. 부모 잘못 만나서 흙수저로 태어난 우리 아들. 성공할 수 있게 우리가 도와주자.

김씨 그럼 내 인생은?

아내 뭐?

김씨 무슨 말인지 알아. 나도 우리 지원이 잘 살면 좋지. 근데 꼭 이렇게 살아야 하냐고. 한국에서도 얼마든지 좋은 공부 시킬 수 있잖아. 우리가 무슨 가족이야?

김씨와 아내, 잠시 말이 없다.

아내 여보… 미안해. 나도 자기 힘든 거 알아. 그래도 이왕 시작한 거 중학교만 졸업해 보자. 일단, 일단 중학교 졸업하고, 그러고 들어갈게. 졸업장은 따야지.

김씨 … 알았어. 나도 화내서 미안해.

아내 아냐.

멀리서 아내를 부르는 한 남성의 목소리가 들린다.

소리 Jenny~ (제니~)

아내 여보. 나 끊어야겠다.

김씨 왜? 누구야?

소리 Jenny, What's wrong? who are you talking to? (제니, 무슨 일 있어? 누구랑 얘기 해?)

아내 (전화기를 급히 막으며) 끊을게.

김씨 아, 여보….

아내 (전화가 끊어진 줄 알고) Honey, I'm sorry. never mind. (자기 미안해. 신경 쓰지 마.)

김씨, 아내에게 무슨 말을 하려다 honey를 듣고 멈칫한다.
통화가 끊어진 전화기를 들고 멍하니 앉아 있다.

김씨 (정신을 차리며) 허니… 그, 그래~ 친한 사이겠지. 그
래… 요즘은 친구끼리 참 다정한 호칭을 쓰네. 하하
하. (쉼) 뭐, 외국에서 외로울 텐데 친한 친구 있으면 좋
지… 그래… (번뜩 정신이 든 듯) 아, 맞다. 돈 빌려야지.

휴대전화에 전화번호 목록을 뒤진다.

김씨 창수…는 지난달에 빌렸으니까 또 전화하기 좀 그렇
고. 성민이… 아 얘는 애가 아프다고 했던 것 같은데.
애도 아픈데 돈 이야기 꺼내기는 좀 그렇지. 누구한테
말을 꺼내야 하나.

한참을 뒤적거리다가 누군가에게 전화를 거는 데, 신호가 한
참 가도 받지 않자 끊어버린다.

김씨 이제 내 전화는 다 피하는 거 같네. 퇴직금 좀 아껴둘걸.

그때, 김씨의 휴대전화가 울린다.

김씨   어? 바로 전화 왔네.

반가운 마음에 휴대전화를 드는데 기다리던 사람이 아니다.

김씨   아… 아니네. 안씨가 웬일이지? 일하고 있을 시간인데. 아… 이 아저씨 말 많은데…

김씨 전화를 받는다.

김씨   예, 안 반장님.
안씨   어이구 김씨 아저씨. 전화 바로 받네요.
김씨   아, 예. 제가 마침 휴대전화를 손에 들고 있어서.
안씨   그랬구나. 어째, 오늘은 어디서 일해요? 현장에 안 보이는 거 같던데.
김씨   오늘 일 안 나갔어요. 어제 안 나갔다고 자리가 없다네요. 안 반장님은 출근했어요?
안씨   저야 뭐 현장으로 바로 출근하니까 와 있죠. 그나저나 이틀 연속으로 일을 쉬어서 어쩐대요?
김씨   그러게 말입니다. 내일도 걱정이에요.
안씨   그럼 제가 여기 소장한테 이야기 해볼까요? 거 자리 하나 빼줄 수 있는지.
김씨   아이구, 그래 주시면 너무 감사하죠. 안 그래도 월세 못 내서 걱정이었거든요.

안씨 그렇구나… 쯧쯧. 제가 점심시간에 이야기 해볼게요. 그건 그렇고, 그럼 지금은 뭐해요?

김씨 방 청소해요. 허허. 집이 너무 더러워서. 일한다고 청소를 못했더니 아주 엉망이에요.

안씨 그렇구나… 그럼 오늘 오후에는 뭐해요?

김씨 뭐 할게 있나요? 그냥 티비 보다가 자겠죠.

안씨 그럼 잘 됐네. 오랜만에 소주나 한잔 할까요?

김씨 소주…요?

안씨 내가 요즘 이 소장 때문에 스트레스가 이만저만이 아니거든~ 어디 말할 데는 없고, 그냥 술 한잔 하면서 다 털어버리려고 그러죠.

김씨 아… 이 소장님이 좀 독불장군이긴 하죠.

안씨 그게 문제가 아니에요! 독불장군이든 독물장군이든 일만 잘하면 누가 뭐라 그래요? 현장에서 일 잘하는 게 최고지. 근데 정작 일은 제대로 하는 게 하나도 없으면서 말은 얼마나 많고, 또 불만은 얼마나 많은지. 인상을 있는 대로 없는 대로 다 쓰고는 하루 종일 중얼중얼. 같이 일하는 나까지 다 외울 지경이라니까요.

김씨 예에.

안씨 그렇다고 제가 이런 이야기를 아무한테나 할 수도 없고. 그렇잖아요. 괜히 말했다가 잘리면 나만 손해니까.

김씨 그렇긴 하죠.

안씨 며칠 전에는 갑자기 나를 부르더니만 짜증을 막 내는 거예요. 내가 어이가 없어서 왜 그러냐고 했더니 글쎄, 시킨 일도 없으면서 자기가 시킨 일을 왜 안 했냐는 거예요. 아니 내가 그래서….

김씨 (전화를 끊기 위해) 저, 안 반장님! 제가 지금 뭘 하고 있어서 통화를 오래 하기가 힘들….

안씨 청소한다면서요? 청소 그까짓 거 조금 있다가 하면 되죠. 집 청소 좀 미룬다고 욕하는 사람이 있는 것도 아니고. 집 좀 더러우면 어때요? (누군가가 부른다) 아, 예! 아이고, 전화 끊어야겠네요. 이 소장이 또 부르네. 전화 통화 잠깐 했다고 또 난리야. 어휴. 여튼 김씨, 오늘 저 일 끝나고 봐요. 제가 마치고 전화할게요.

김씨 아, 그게 제가….

안씨, 전화를 끊는다.

김씨 아, 끊겼네. 자기 말만 하는 건 이 소장이랑 똑같구만. (웃음) 안씨랑 마시면 기본이 새벽인데. 아… 생각만 해도 피곤한데… (갑자기 무언가 생각난 듯) 아니지! 안씨한테 돈 이야기를 꺼내볼까? 그래. 그래도 내가 용역하면서 제일 오래 알고 지낸 사람인데. 안씨가 말이 좀 많기는 해도 착한 사람이잖아?

김씨, 안씨에게 전화를 건다.

김씨　아, 예! 안 반장님. 제가 일 마칠 시간쯤 해서 현장으로 갈게요. 그 근처에서 봐요. 네.

조명 어두워진다.

조명 밝아지면 편의점 앞 플라스틱 테이블에 김씨와 안씨가 앉아 있다.
테이블에는 소주 몇 병과 마른안주가 널브러져 있다.

안씨　김씨, 미안해요. 내가 맛있는 거 사 드리려고 했는데. 오늘 카드값 빠져나가는 날인 걸 깜박했지 뭐에요. 이번 달 카드값이 생각보다 너무 많이 나와서.

김씨　괜찮습니다. 얻어먹는 주제에 뭘.

안씨　그렇게 이야기하지 마세요. 김씨가 얻어먹는 게 아니라, 제가 사는 겁니다.

김씨　그 말이 그 말 아닌가요?

안씨　아니죠. 주체가 다르단 말입니다. 내가 사고 싶어서! 사는 거라고요. 아휴, 말도 마세요. 제가 이번 달 카드값이 왜 많이 나온 지 아세요? 그게 다 최 씨 때문이라고요.

김씨 최 씨요?

안씨 네. 아니, 얼마 전에 최 씨가 돈을 빌려달라는 겁니다. 제가 선뜻 빌려 줬죠. 왜, 김씨도 최 씨 알죠? 사람이 꼬장꼬장한 면이 있어서 그렇지 남의 돈 떼먹고 그럴 사람은 아니잖아요. 일년 넘게 같이 일 한 사람이니까 믿을만하다 싶기도 하고. 그랬더니 최 씨가 고맙다고 술을 사겠다는 겁니다. 됐다고, 괜찮다고 사양해도 고마워서 술을 꼭 사야겠대요.

김씨 아….

안씨 그래서 갔죠. 근데 자기가 사겠다고 생색이란 생색은 다 내놓고, 취해서 계산 안하고 그냥 갔다니까요. 그럼 뭐 어떡해요? 내가 내야지. 그날따라 술값은 얼마나 많이 나왔는지.

김씨 아이고….

안씨 그래서 제가 다음날 출근해서 이야기를 했습니다. '야, 최필중이! 네가 어제 사겠다고 해 놓고 그냥 집에 가면 어떡하냐. 어제 술값 내가 계산했다!' 그랬더니 최 씨가 뭐라는 줄 아세요? 얼굴 표정 하나 안 바뀌면서 '안씨 아저씨. 거참, 사람 민망하게 하시네. 사람이 술에 취하다보면 그럴 수도 있지. 내가 일부러 그런 것도 아니고

말이야. 참. 거, 다음에 내가 사면 되는 거 아니요?' 그
래놓고서는 며칠 뒤부터 안 보입디다. 뭐, 그런 사람들
이 한둘이어야지. 그래도 어떡해요. 우리 일이 그런걸.
그래서 제가 그날 다짐했습니다. '나 안성찬이, 내가 다
시는, 다시는! 현장에서 만난 사람 믿지 않는다. 돈 거
래 절대! 하지 않는다.'

김씨   그런 일이 있었구만.

안씨   그래도 김씨는 제가 믿음이 갑니다. 사람이 참~ 착해
        요. 자! 한잔 받으시오.

김씨   하하, 고맙습니다.

안씨가 술잔에 술을 따르려다 술이 없는 것을 발견한다.

안씨   아이고. 술이 떨어졌네. 제가 가서 더 사올게요.

김씨   아닙니다. 이제 집에 가야지요. 계속 얻어먹기도 미안
        하고.

안씨   제가 사주고 싶어서! 사는 거라니….

편의점으로 들어가던 아줌마 한 명이 실랑이하는 김씨와 안씨
를 발견하고 인상을 찌푸린 채 편의점 안으로 들어간다.

아줌마   (알바생에게) 저기요! 저 밖에 아저씨들 좀 가라고 해

요. 딱 봐도 노가다하는 사람들인 것 같은데. 학생들도 지나다니는 길목에 저게 뭐예요? 시끄럽고, 냄새 나고. 으휴. 저런 사람들 때문에 우리 애들이 길을 마음대로 못 다닌다니까?

안씨, 아줌마 이야기를 듣는다.

안씨　김씨, 저 아줌마 지금 우리 이야기하는 거 맞죠?

김씨　허허. 그런가본데요.

안씨　허, 참. 우리가 뭘 했다고 저 난리야? (편의점 안의 아줌마에게) 여봐요! 거기 시끄러운 아줌마! 좀 나와 보쇼!

아줌마　(안에서) 뭐라고요?

아줌마, 밖으로 나온다.

아줌마　왜요? 나 불렀어요?

안씨　아줌마. 지금 우리 얘기 했어요?

아줌마　그런데요?

안씨　아니, 우리가 뭘 했다고 시끄럽다느니, 냄새 난다니….

아줌마　아저씨, 내가 틀린 말 했어요? 여기 학교 근처예요! 이렇게 더러운 옷 입고 밖에서 술 마시고 있으면 애들이 냄새나고 무서워서 지나다니겠어요? 아휴, 저 옷 좀 봐. 아유 냄새야.

안씨 냄새요? 이 겨울에 땀도 안 흘리는데 뭐가 냄새가 나요? 진짜 냄새 나는지 안 나는지 한번 맡아 볼 테요?

안씨, 아줌마한테 다가선다.

아줌마 어머, 어머. 이것 봐. 내가 몇 마디 했다고 위협하는 거 봐. 한 발짝만 더 오면 신고할 거예요!

안씨 신고해요! 여기 씨씨티비도 있을 텐데, 누가 먼저 시비 걸었는지 어디 잘잘못을 한번 따져 봐요?

김씨, 안씨를 말린다.

김씨 안씨 그만해요. (작은 소리로) 안씨가 참아요. (아줌마에게) 어이구, 죄송합니다. 안 그래도 지금 막 가려던 참이었어요. (술병을 가리키며) 이거 봐요. 술도 다 마셨잖아요. 금방 갈 거예요.

아줌마 그래도 이 아저씨는 말이 좀 통하네. 내가 아저씨 때문에 신고하려다 참는 거예요. 얼른 정리하고 가세요!

안씨 얼른 가슈! 지금 안 가면 내가 신고할 거요!

안씨, 김씨에게 붙잡힌 채로 아줌마에게 다가서려고 하자, 아줌마가 놀라서 뒷걸음질 친다.

아줌마   오지 마요! (나가면서 혼잣말로) 돈 없어서 노가다하는 주
제에 술 마실 돈은 있나봐?

안씨   저 아줌마가 끝까지! (나가는 아줌마에게 소리친다) 야! 내
가 술을 마시던지 말던지 니가 무슨 상관이냐!

김씨   아이고, 안씨. 진정해요.

안씨   아니, 김씨는 화도 안나요? 우리가 뭘 했다고 저런 모
욕을 들어도 참아야 돼요? 노가다하면 뭐 사람도 아니
에요?

김씨   저런 사람 말 안 통하는 거 아시잖아요. 그냥 예, 예 하
고 보내야지 뭐 어쩌겠어요.

안씨   하여튼, 김씨는 너무 착해서 탈이라니까요. 저렇게 막
무가내로 시비 거는 사람들한테는 고개 숙이면 안 된
다니까요. 그러니까 더 만만하게 보지요! 안 되겠다.
저 술 더 사올게요. 열 받아서 더 마셔야겠어요.

안씨, 편의점으로 들어가려고 하는데 김씨가 말린다.

김씨   아이고, 많이 먹었어요. (테이블 위의 캔커피를 건네며) 이
거 마시고 진정해요. 내일 일하려면 그만 먹어야지요.
저 내일도 일 안 나가면 진짜 앞으로 일 못해요. 저 봐

서라도 참으세요.

안씨 그렇지. 내일 출근해야죠. 제가 착한 김씨 때문에 참습니다. 김씨, 내일 현장으로 바로 출근하면 되는 거 알죠? 내가 오늘 이야기 잘 해놨어요~

김씨 네, 너무 감사합니다. 저 진짜 열심히 할게요.

안씨 그럼요. 저는 김씨 믿어요! 사람이 참 성실해~

안씨에게 전화가 온다.

안씨 잠시만요. (전화를 받고) 그래 아들~ 응. 아빠 일 끝났지. 오늘 친구 만나서 술 한 잔 하고 들어간다고. 이제 집에 갈 거야. 밥 먹었지. 민이도 밥 먹었어? 그래~ 엄마가 돈가스 튀겨 줬다고? 맛있었겠네. 아빠가 아이스크림 사갈까? 뭐 먹고 싶어? 투게더? (웃으며) 넌 나이도 어리면서 아빠가 좋아하는 아이스크림 좋아하냐. 알았어. 얼른 사서 들어갈게. 응, 나도 사랑해. 응~

안씨, 전화를 끊는다.
김씨, 안씨를 물끄러미 쳐다본다.

김씨 아들이에요?

안씨 네. 아휴, 아빠 빨리 안 들어온다고 걱정돼서 전화했대

요. 제가 얘 때문에 요즘 술을 못 마셔요. 아빠 얼굴 보
고 잔다고, 들어올 때까지 안 잔다고 버텨서.

김씨   기특하네요. 허허.

안씨   자유생활이 없어요. (웃으며) 가끔은 혼자 사는 김씨가
부럽다니까요. 저 먼저 가야겠네요. 김씨, 내일 봐요.

김씨   네. 조심해서 들어가세요.

안씨, 비틀거리며 나간다.

김씨, 나가는 안씨를 쳐다보다 한숨을 쉰다.

김씨   돈 얘기는 꺼내지도 못했네. 지원이 캠프 비용 어떡
한담.

김씨, 아들에게 전화를 건다.

받지 않는다. 다시 전화를 건다.

김씨   어, 아들! 뭐 하고 있었어?

아들   (짜증난 목소리로) 아빠! 지금 몇 시인지 알아? 여기 새벽
이야, 새벽!

김씨   아 그래? 아빠가 몰랐네. 미안.

아들   술 마셨어?

김씨   어? 어… 조금.

아들	왜 술 마시고 전화하고 그래. 나 내일 학교 가야돼. 끊는다.
김씨	어, 지원아. 사랑….

전화 끊어진다.

김씨, 끊어진 전화를 허탈한 표정으로 쳐다보다, 담배를 하나 입에 문 채 터덜터덜 집으로 걸어간다.

슬프게 노래를 읊조린다.

김씨	사는 게~ 뭐 별 거 있더냐~ 욕 안 먹고 살면 되는 거지~

비틀거리며 걷던 김씨가 돌부리에 발이 걸려 바닥에 고꾸라진다.

바닥에서 일어나려던 김씨가 다시 바닥에 털썩 누워 다시 노래를 읊조린다.

김씨	시계바늘처럼 돌고 돌다가~ 가는 길을 잃은 사람아~

지나가던 학생 한 명이 김씨를 발견하고 놀라 다가온다.

학생	아저씨! 아저씨 괜찮으세요?

김씨는 학생의 부름이 들리지 않는 듯 계속 노래를 부른다.

학생 아저씨! 어디 다치신 거예요? (혼잣말로) 아, 술냄새. 뭐야. 술 취해서 이런 거였어? (김씨에게) 아저씨, 그냥 술 취해서 그러시는 거예요? 119 불러 드려요? (김씨가 대답이 없자) 아님, 저 그냥 갈까요? (혼잣말로) 아… 그냥 가긴 좀 그런데… 괜히 말 걸었나. 에이씨. (김씨에게) 아저씨 괜찮으신 거죠? 정신 있으시죠? (손가락 두 개를 펴며) 아저씨, 이거 보여요? 이거 몇 개예요?

김씨, 계속 노래를 부른다.

학생 안 되겠다. 119, 아, 아니다. 112 불러야지. (전화기를 들고) 여보세요? 네. 거기 경찰서죠? 여기 길거리에 아저씨가 한 분 누워 있어요. 무서우니까 빨리 데려가주세요! 위치는… 중앙고등학교 근처 상가 많은 곳이요. 바로 앞에 휴대폰 대리점 있어요. 네. 술은 좀 취한 거 같고요, 아픈 건 모르겠어요. 정신이요? 정신은 있는 것 같아요. 계속 노래 같은 거 부르고 있어요. 네. 노래요. 네네. 빨리 와주세요! (전화를 끊고) 아저씨! 경찰 불렀으니까 금방 올 거예요. 전 학원 가야돼서 갈게요.

학생, 점점 멀어진다.

곧 경찰이 들어온다.

경찰 어디야? 이 근처일 텐데. 이 동네는 왜 맨날 취객 신고 전화가 들어오냐. 귀찮게. (김씨를 발견하고) 어, 저기 있네. 에헤이. 선생님, 선생님 일어나 봐요. 추운데 길바닥에 누워 있으면 감기 걸려요. 댁에 가서 주무셔야지. 혼자 일어나실 수 있죠? (대답이 없는 김씨를 보며) 어허, 이 아저씨 많이 자셨네. 이러시면 저희도 퇴근을 못 해요. 협조 좀 해 주세요. (노트를 꺼내 펼치며) 일단, 성함 기억나세요?

한참 노래를 부르던 김씨가 '성함'이라는 말에 노래를 멈춘다.

경찰 선생님, 정신 드세요? 성함이 어떻게 되세요?

김씨 성함? 이름… 이름이요? 이름이… 내 이름이 뭐더라… 김… 김… 아무개요.

조명 어두워진다.

막.

찬란한 여름

박소영
멘토 전호성

등장인물

찬란   : 18세. 조용하고 음침한 분위기의 남학생
민애   : 18세. 밝고 긍정적인 성격의 여학생
정혜   : 18세. 민애의 단짝 친구
여자1 : 40대. 어릴 적 헤어진 찬란의 엄마
여자2 : 40대. 어릴 적 헤어진 민애의 엄마
남자   : 50대. 민애가 살고 있는 보육원의 관리교사
선생님 : 40대. 학교 선생님

시간

2019년 겨울~2020년 여름

장소

학교 교실, 거리, 주점, 보육원 정문

무대

각 장소/시간을 명확하게 표현하되 전환이 용이하게

1장.

늦은 오후. 교실 안.
곤란한 표정으로 앉아있는 민애. 그 옆자리 정혜.

정혜 (외치듯) 뭐? 학급비가 없어졌다고?

민애 쉿- 목소리 좀 낮춰. 그냥 내가 잃어버린 것 같아.

정혜 그거나 그거나. 어쨌든! 제대로 찾아본 거야?

민애 어, 없어.

정혜 누가 점심시간에 가져간 거 아냐?

민애 아, 아니야. 내가 어디서 잃어버린 거겠지….

정혜 가만있어봐. (주변과 관객들을 둘러보며 한 손을 든 채) 야,
혹시 오늘 점심 안 먹고 교실에 있었던 사람? (사이) 없
어? (사이) 민애야, 쟤. 쟤는 항상 점심 안 먹잖아.

민애 누구? 아, 한찬란? 아침부터 계속 자던데… 그냥 내가
다시 찾아볼게.

정혜 있어봐. (사이) 야, 한찬란. 일어나 봐. 너 점심시간에 교
실에 계속 있었냐?

찬란 (자다가 일어나 잠긴 목소리로) …그런데?

정혜	누가 우리 반에 들어오거나 그러지는 않았고?
찬란	몰라… 계속 자느라 못 봤는데….
정혜	아무 소리도 못 들었고?
민애	그만해, 정혜야….
정혜	아, 가만 좀 있어봐. 계속 교실에 있었다잖아.
민애	누가 훔친 거 아닐 거야. 그만해, 정혜야.
정혜	야, 한찬란. 니 가방 좀 봐도 되냐?
민애	야, 너 왜 그래?
정혜	아니, 얘가 범인이라는 것도 아니고, 그냥 확인만 해보는 건데, 뭐. (찬란에게) 가방 봐도 되지?
찬란	(한숨. 가방을 건네며) 맘대로 해.

정혜, 찬란의 가방을 뒤집어 흔들며 안에 든 물건들을 쏟아낸다.
꼬깃꼬깃 구겨진 천원짜리 몇 장과 담배 한 갑뿐인 가방.

정혜	이상하다. 없네… 야, 너, 다른 가방 있는 건 아니고? 아니다, 주머니에 든 것도 좀 꺼내봐봐.
민애	정혜 너, 나랑 얘기 좀 해.

화가 난 듯 거칠게 정혜를 잡아끌며 교실 뒤로 향하는 민애.
찬란은 가방을 정리하고 다시 책상 위에 엎드린다.

민애	너, 쟤한테 왜 그래? 왜 무작정 의심하는 거냐고.
정혜	의심 갈 만한 애니까 그렇지.
민애	그게 무슨 소리야.
정혜	쟤, 유명해. 나랑 같은 중학교였거든. 2학년 때였나? 반 애들 지우개며 볼펜이며 별 희한한 게 쟤 가방에서 나온 거야. 그때 학교가 완전 발칵 뒤집혔었거든. 그 일로 쟤 아빠가 학교에 술이 떡이 되어 와서는, 애들 다 보는 앞에서 애를 엄청 두들겨 패더라고. 대충 느낌 오지? 집안이 제대로 된 집안이 아니야. (속삭이듯) 쟤 엄마도 가정폭력 때매 집 나간 거래.

정혜의 말에 찬란을 안쓰럽게 돌아보는 민애.

민애	그때도 저렇게 조용했어?
정혜	딱히? 아, 그때도 점심 안 먹고 맨날 자고 그랬는데. 근데, 조용한 편은 아니었어. 돌발행동을 간간이 했거든.
민애	돌발행동? 어떤….
정혜	뭐랄까… 갑자기 자리에서 벌떡 일어난다던가, 그대로 밖으로 뛰쳐나가버린다던가… 그냥 좀 이상했어. 나사가 하나 빠져버린 그런 느낌? 어쨌든, 쟤가 훔친 게 맞을 거야. 쟤 아님 누구겠어? 그리고, 요새 누가 자꾸 뒤뜰에서 담배 피우나 했더니… 으~ 싫다. 졸라

싫어. 극혐.

치를 떨 듯 몸을 떨며 교실 밖을 나서려는 정혜.

민애 어디 가? 곧 수업 시작인데.
정혜 손 씻으러. 쟤 가방 만졌잖아. 짜증나.

교실 문을 나서는 정혜와 엎드려 있는 찬란을 번갈아 보며 한숨짓는 민애. 마음이 복잡하다.

암전.

2장.

같은 날 하굣길. 동네 골목길.

비가 추적추적 내린다.

찬란, 손에 쥔 우산을 바닥에 질질 끌며 비를 맞은 채 걷는다.

그 뒤를 조심스럽게 쫓는 민애.

동네 슈퍼 앞에 다다른 찬란, 파라솔 아래에 담배를 꺼내 문다.

뭔가 결심한 듯 찬란의 앞으로 나서는 민애.

민애 뒤뜰에서 담배 피우는 게 너구나?

누군데 말을 거냐는 듯 민애를 뚱하게 바라보는 찬란.

담배를 바닥에 비벼 끄고는 일어서려 한다.

민애 설마, 나 몰라? 나 반장인데. 아, 아까 전에 그….

찬란 아… 그 쫑알거리는 애 옆에 있던….

민애 응? 아~ 정혜? (웃음) 쫑알거리는 애래….

민애, 우산을 접고 파라솔 아래 찬란의 옆자리에 앉는다.
뻣뻣하게 앉아있는 찬란을 엉덩이로 밀어내자 어색하게 자리
를 내어주는 찬란.

민애　너, 여기 살아? 천비 마을?

찬란　어.

민애　나도 여기 살았었는데. 보육원이 신도시로 옮겨지기
전에.

찬란　보육원?

민애　아, 몰라? 나 보육원에 사는데.

찬란　어, 그렇구나….

민애　그게 다야? 나 보육원 산다고 하면 다른 애들은 리액션
장난 아닌데. 그래서 어지간하면 묻기 전엔 잘 말 안하
는데.

찬란　어, 그래? 근데 왜…. (나한테 얘기하는 거야?)

민애　어쩐지, 너한테는 말해도 될 거 같아서.

찬란　왜?

민애　글쎄… 니가 좀, 아니, 많이 궁금하달까… 어떤 사람인
지, 어떻게 자라왔는지… 그냥, 나랑 좀 비슷하지 않을
까, 하는 느낌이 들어서.

찬란, 민애를 잠시 바라본다.

찬란의 시선을 느낀 민애, 조심스럽게 이야기를 이어간다.

민애 들으려고 들은 건 아닌데… 니 얘기 좀 들었거든. 아버지 이야기랑, 어머니 이야기랑….

찬란 (표정 굳으며) 그래서? 그게 너하고 무슨 상관인데?

민애 물론, 상관없는 이야기지. 근데, 이상하게 신경이 쓰이더라고. 왜 신경이 쓰이는 걸까, 생각해봤는데, 음… 동질감?

찬란 말도 안 되는 소리 하고 있어.

민애 난 엄마 얼굴도 모르거든. 어딘가에 부모님이 있긴 하겠지만, 애초부터 없는 것과 마찬가지고.

부모님 이야기에 잠시 예민해졌던 찬란, 이어지는 민애의 이야기를 들으며 살짝 누그러든다.

민애 (살짝 웃어 보이며) 어때? 이 정도면 쬐끔은 닮은 건가?

빗소리 점점 굵어진다. 잠시 말없이, 민애는 내리는 비를 바라보고, 찬란은 그런 민애를 바라본다.

민애 오늘 학급비 일 말이야….

찬란 내가 훔쳤냐고?

민애 (황급히) 아니, 니가 훔쳤다고 생각하지 않아. 내가 잃어 버린 거지. (사이) 혹여, 누가 훔쳐갔다고 해도, 그건 아무도 모르는 거잖아.

찬란 너도 봤으니까 알 거 아냐. 그 시끄러운 애도 나를 의심하는 거.

민애 왜 니가 훔친 게 아니라고 말 안 했어? 제대로 설명이라도 했으면 의심도 안 받고, 가방도 안 뒤졌을 거 아냐.

찬란 과연? 너, 낙인이라는 거 알지? 한 번 찍히면, 내가 아무리 발버둥을 치고 벗어나려고 노력해도 아무런 소용없어. 이미 낙인 찍혔으니까.

민애 중학교 때… 있었던 일 때문에….

찬란 어디까지 들었는지는 모르겠지만, 이건, 너한테만 얘기하는 건데, 내가 그런 거 아냐. 애들이 내 가방 안에 넣어놓고는 누명 씌운 거지. 근데 소용없어. 억울함을 이야기하는 건 구차한 변명이 될 뿐이니까.

민애 그럴수록 이야길 해야지.

찬란 그만해. 그게 무슨 소용이야.

민애 그게 무슨 소용이냐니?

찬란 아, 그만하라고.

민애 (지지 않고 톤을 높여서) 낙인자? 구차한 변명? 난 그렇게 생각 안 해.

찬란 니가 뭘 알아? 학교에서 뭐가 없어지기만 하면 항상, 그리고 당연히 의심을 받았어. 그런 상황 속에서 아무 것도 할 수 없는 내가!! (사이) 지겨워지고 허무해진 것 뿐이야.

찬란, 자리를 박차고 일어나 걸어 나간다.
미처 챙겨가지 못 한 우산이 파라솔 아래 덩그러니 놓여있다.
민애, 그 우산을 찬란을 향해 힘껏 던진다.
우산에 맞은 찬란, 그 자리에 멈춰 선다.

민애 노력하면 달라질 수 있잖아, 안 그래?
노력하면 달라질 수 있다잖아, 안 그래?
맞잖아, 내 말이 맞잖아, 안 그래?
대답해 봐, 대답해 보란 말야!!

빗속에서 우두커니 서 있는 찬란.
민애, 찬란에게 하는 듯 또 스스로에게 하는 듯 되뇌인다.

민애 노력하면 달라질 수 있다.
대답 좀 해 줘. 그 말이 맞다고.
노력하면 달라질 수 있다고. 그렇다고.
(사이) 난 니가 참 궁금했는데, 나랑 비슷할 거 같아서

궁금했는데… 이젠 알고 싶지 않아졌어.

민애, 찬란을 지나쳐 뛰어간다.

찬란, 바닥에 떨어진 자신의 우산을 주워들어 펼쳐본다.

망가진 찬란의 우산. 이내, 파라솔 아래 민애의 우산을 발견한다.

돌아보지만, 민애는 이미 사라지고 없다.

암전.

3장.

다음 날. 학교. 쉬는 시간.

찬란은 여전히 책상에 엎드려 잠들어 있다.

그를 바라보는 민애의 옆에 앉는 정혜.

정혜　학급비는 찾았어? 찾아볼 거라고 하더니.

민애　못 찾았어.

정혜　애초부터 이거는 찾을 수가 없다니까? 백퍼 쟤가 가져
　　　간 거야.

민애　내가 메꾸면 돼. 그만해.

정혜　아니, 범인이 코앞에 있는데….

민애　(말을 자르며) 그냥, 단순히 내가 잃어버린 거야. 누군가
　　　훔쳤다는 증거도 없잖아.

정혜가 찬란에게 다가가려는 순간, 문이 열리며 선생님 등장.

선생님　야야!! 곧 종치는데 다들 수업 준비 안 해?! 한찬란!
　　　잠시 교무실로 와.

자고 있었던 게 아니었는지, 엎드려 있던 찬란, 즉시 자리에서
일어나 선생님을 따라 나선다.

정혜 대박… 안 자고 우리 얘기 다 들은 거야? 가만, 쌤도 아
신 건가? 학급비 없어진 거. 누가 말했지? 뭐, 누군지는
몰라도, 나이쓰! 쟤가 훔치는 거 누군가 봤나 보네.

민애, 뭔가 불안한 표정과 눈빛으로 주변을 살핀다.
잠시 후 교실로 돌아온 찬란, 늘 그랬듯이 책상에 엎드리는가
싶더니, 주머니에서 쪽지를 하나 꺼내 보며 생각에 잠긴다.

암전.

4장.

같은 날. 하굣길. 동네 골목길.

민애, 어제 두고 온 우산을 찾아 파라솔 주변을 살핀다.

잠시 후 민애에게 다가와 우산을 건네는 찬란.

찬란   이거 찾는 거야?

민애   아… 고마워. (사이) 저, 나… 나는 먼저 가볼게.

찬란   (황급히) 어제… 니가 한 말 생각해 봤어.

민애   응?

찬란   미안해.

민애, 찬란을 바라본다.

찬란, 준비한 말을 조심스럽게 건넨다.

찬란   노력해보라고 했었지. 근데, 그렇더라. 별로 노력해 본
          기억이 없더라. 그냥 내게 일어나는 모든 일이, 좋지
          않은 환경 때문이라고만 생각했던 것 같더라. 내 잘못
          이 아니야, 환경 탓이야, 나를 버린 엄마 탓이고, 나쁜

아빠 탓이고… 그런 환경들이 날 이렇게 만들었다고
생각했어. 그래야 맘이 편하니까.

민애 환경 때문이다….

찬란 물론, 상관없진 않겠지만. 근데, 어제 니가 한 말, 노
력… 그래, 결정적으로 나를 이렇게 만든 건, 바로 나
잖아.

민애 찬란아….

찬란 어제 니가… 이제는 날 알고 싶지 않다고 했지? 근데,
이제는 내가 궁금해졌어. 니가, 그리고 니가 느꼈다는
동질감. (사이) 그래서 말인데… (사이) 내가 노력을 좀
해봐도 될까?

민애 (살짝 당황) 어… 너도 이런 기분이었어? 뭔가 엄청 부끄
럽네….

찬란, 뭔가 어쩔 줄 몰라 하는 민애에게 쪽지를 하나 내보
인다.

민애 뭐야, 이거?

찬란 선생님이 주신 건데….

민애 선생님이?

찬란 엄마가 있는 주소래.

민애 어디 봐봐. 말도 안 돼. 가까운 곳에 계셨네? 버스 타면

한 20분이면 될 텐데… (찬란의 표정을 살핀다.) 야, 너 무슨 생각을 그렇게 해?

찬란 그냥… 내가 여기에 가도 될까? 그래도 될까?

민애 왜 그런 생각을 해?

찬란 어쨌건 날 버린 사람이잖아. 당연히 자길 찾아온다면… 피하고 싶지 않을까, 싶고….

민애 뭐, 영 틀린 말은 아닌데….

찬란 그렇지? 안 가는 게 맞겠지?

민애 그래도 난, 니가 여기에 꼭 찾아갔으면 좋겠어. 궁금하지 않아? 도대체 뭣 때문에, 뭐가 그렇게 힘들었길래 널 버리고 떠났는지, 왜 그랬는지 화내면서 따지기라도 해야지. 그리고, 너도 내심… 엄마… 만나고 싶잖아, 안 그래?

찬란 잘 모르겠어.

민애 그럼 된 거네. 만나기 싫은 건 아니니까.

찬란 노력.

민애 응? 뭐라고?

찬란 이런 것도 노력이겠지? 망설여지지만 해보는 거.

민애 그래, 맞아. 노력. 같이… 가 줄까?

찬란 같… 이?

민애 응, 같이.

찬란 고마워.

민애　고맙긴. 저기… 나도 너한테 하고 싶은 말이 하나 있는데… 노력 중이야.

찬란　뭔데?

민애　나중에. 너, 엄마 만나고 와서.

찬란　그래.

갑자기, 뭔가 어색한 두 사람.

찬란　그럼… 갈까?

민애　응? 어딜?

찬란　집에 가야지.

민애　아, 집. 가야지.

찬란　그럼…

민애　어, 그래…

뭔가 우물쭈물 앞서거니 뒷서거니 하며 집으로 향하는 두 사람.

암전.

5장.

같은 날. 저녁. 보육원 앞.

찬란과 헤어진 민애, 보육원 앞 우편함을 살피고 있다.

민애를 발견한 보육원 관리교사 다가온다.

남자 너 또 여기 있냐?

민애 아, 쌤.

남자 편지 오면 내가 알려준대도.

민애 그래도, 혹시나 해서요.

남자 (사이) 밉지?

민애 네?

남자 니 부모들 말이야.

민애 사실, 전혀 밉지 않다면 거짓말이죠. 부모님이 있었으면 좋았을 텐데, 싶고… 어리광 같긴 하지만….

남자 만나야 할 사람은 꼭 만나게 된다고 하더라. 그게 언제가 되느냐의 문제일 뿐.

민애 그렇겠죠?

남자 그럼. 자, 이제 늦었으니 얼른 들어가자.

민애   저, 쌤….

남자   응? 왜, 더 할 말이라도 있니?

민애   예전에, 아주 예전에… 쌤이 그러셨잖아요. 착한 아이
가 되면 부모님이 꼭 저를 찾아와 주실 거라고.

남자   그랬었지.

민애   저 노력했어요. 착한 아이가 되려고. 근데, 이상하죠? 노
력하면 할수록 뭔가 모순적인 사람이 될 때가 있어요.

남자   의도가 항상 결과로 이어지진 않지. 때론 노력하려는
마음이 너무 과하면 정작 내 맘과는 다른, 거짓이 되기
도 하더구나.

민애   어려워요.

남자   넌 가끔… 너 자신에게 너무 혹독한 경향이 있어. 세상
에 완벽한 건 없단다. 누구나 실수는 해. 당연한 거야.
(사이) 자, 얼른 얘기해 봐. 더 할 말이 있는 거지?

민애   (한숨)

남자   자자, 너무 늦었다. 또 원장 선생님한테 혼날라. 그만
들어가자. 들어가서 얘기해도 되지?

민애   네….

보육원 안으로 들어서는 두 사람.

암전.

6장.

며칠 뒤 늦은 저녁. 어두운 골목길.

쪽지에 쓰인 주소를 따라 어느 허름한 주점 앞에 다다른 찬란과 민애.

확신이 없는 듯한 찬란의 등을 떠미는 민애.

민애 잘 다녀와. 여기서 기다릴게.

멋쩍게 웃어 보이며 문 안쪽으로 들어서는 찬란.

문 열리는 소리가 들리자 내실에서 나오는 여자. 찬란의 엄마.

여자1 어서 오세… 어머, 학생은 안 받는데….

찬란 어, 저… 그게….

여자1 중3? 고1? 가게 잘못 들어온 거니?

찬란 고2고요… 가게 제대로 알고 찾아온 거예요.

여자1 애 좀 봐. 그래, 술 마시러 온 거야? 요즘 세상이 어떤 세상인데, 미성년자한테는 술 안 팔아. 잘 가.

찬란 저, 찬란이에요.

여자, 그 소리에 찬란을 다시 살펴본다.

여자1 찬란이… 내가 아는 그 찬란이… 내 아…들?
찬란 네.

같은 시각, 주점 밖에선 민애가 골목 모퉁이에 앉아, 어제 보육원 관리교사와 나눈 이야기를 떠올리며 생각에 잠겨 있다.

남자 그런 일일수록 이야길 해야 돼.
민애 화 많이 내겠죠? 저에게 실망하고… 전 나쁜 아이가 될 거에요. 그애가 말한 낙인… 나쁜 아이로 낙인찍히겠죠?
남자 그래서 이야길 안 한다면, 넌 좋은 아이로 남을 순 있겠지만, 결국 그게 널 나쁜 아이로 만들고 말 거야. 그 누구보다 니가 더 잘 알잖니?
민애 제가 왜 그랬을까요… 전….
남자 나쁜 의도가 아니었다는 거 나는 잘 아니까…. 그리고 내가 늘 얘기했지? 완벽한 건 세상에 없다고. 누구나 실수를 해. 그렇기 때문에, 그게 '잘못'이 아니라, 말 그대로 '실수'로 그칠 수 있게, 더 늦지 않게 꼭 얘길 하렴. 알겠지?

머리를 싸매는 민애.

같은 시각, 마주앉은 찬란과 여자.

여자, 찬란의 손을 조심스럽게 잡는다.

여자1　찬란아, 엄마랑… 같이 살까?

찬란, 자신의 손에 올려진 여자의 손을 물끄러미 바라본다.

그리고 고개를 들어 여자의 얼굴을 지그시 바라본다.

이내, 자신의 손을 조심스럽게 빼낸다.

찬란　그게… 만나보고 싶기는 했지만… 같이 살고 싶다는 생각은… 아직 해 본 적 없어요. 어… 오늘 처음 보기도 했고… 아직은 좀 많이 낯설고… (앙금이 살짝 있는 듯한) 무엇보다, 엄마라는 거, 있었던 적도 없었고…

여자1　그렇…지? 십수 년 만에 첨 본 사람이 엄마라는 게… 그래, 이상하지. 내가 너무 섣불렀던 것 같네. 미안하….

찬란　(말을 끊으며) 그래서, 어… 가끔은 여기 찾아와도 될까요?

여자1　여기로? 여긴 좀… 엄마가 찬란이 집으로 가도 되는데… 아, 엄마가 좀 부끄럽지? 이런 모습이라….

찬란　아, 그게 아니라, 아빠가 언제 집에 들어올지 몰라서요. 안 마주치고 싶으실까봐… 그러니까, 제가 여기로 올게요. 그래도 되죠? (어렵게) 엄… 마….

여자, 천천히 찬란을 끌어안는다.

두 사람 잠시 말없이 그렇게 서로에게 기댄다.

암전.

밖에선 여전히 생각에 잠긴 채 찬란을 기다리고 있는 민애.

잠시 후 주점 문을 나서는 찬란에게 민애가 다가간다.

민애   어디 보자… 울지는 않은 것 같네? 잘 만났어? 얘기 많이 나눴고?

찬란   어… 뭐… 그냥….

머뭇머뭇하던 찬란, 자칫 울음이 터질 기세다.

이를 눈치챈 민애, 말없이 찬란을 안아준다.

두 사람 잠시 말없이 그렇게 서로에게 기댄다.

밤이 깊어간다.

암전.

7장.

다음 날. 골목길.

추적추적 비가 내린다. 민애는 내리는 비를 바라보며 찬란을
기다리고 있다.

저만치서 걸어오는 찬란.

민애   야! 왜 이렇게 늦었어? 한참 기다렸잖아.

찬란   어, 미안.

민애   어? 신발 새로 샀어?

찬란   어? 어… 그분…이 사주셨어. 신발 다 낡았다고. 어색
         하네… 신발이 내 발에 딱 맞는 게. 늘 작았었는데….

민애   좋네. 예뻐.

찬란   응?

민애   아, 아니… 신발 말이야, 신발.

찬란   (사이) 궁금한 게 있는데….

민애   궁금한 거?

찬란   넌 늘… 다정한 거 같아서.

민애   내가?

찬란 응.

민애 그래? 어떤 점이 그렇게 보여?

찬란 그냥, 잘 챙겨주잖아. 말도 예쁘게 하고. 그리고….

민애 얼굴은?

찬란 (당황) 어….

민애 (말 돌리며) 뭐 그냥, 어릴 땐 단순히, 착하게 살면 부모님이 데리러 올 거라고 생각했어. 그래서 착하게 살려고 노오력! 했었고. 근데 뭐, 뜻대로 잘 안 돼. 엉뚱한 결과가 되기도 하고, 정 반대의 상황이 생기기도 하고.

찬란 아직도, 부모님… 찾아오실 거라고 생각해?

민애 글쎄… 뭐 여차 하면 내가 찾아가도 되는 거고.

찬란 그렇게 만나고 싶어? 부모님이?

민애 뭘 물어. 당연한 걸.

찬란 겁 안 나?

민애 왜 겁이 나?

찬란 혹시 모르잖아. 부모님이 널….

민애 버렸을 수도 있으니까? 잃어버린 게 아니라 버린 걸 수도 있으니까? (사이) 쨌든! 너도 엄마가 널 버리고 도망간 거였다고 생각했잖아. 그치만 아니라는 것도 알게 됐잖아, 안 그래? 그니까, 나는… 나도… 좋게 생각할래. 그럴래.

찬란 (사이) 아, 근데, 할 말… 있다고 하지 않았었나?

민애　어? 아, 아니… 그게… 아니야. 별 말 아니야.

찬란　별 말 아니야?

민애　어, 아니야.

찬란　그래, 그럼. 이만… 갈까?

민애　어, 그래. 그럴까?

두 사람, 또 뭔가 어색하게 우물쭈물 한다.

자리에서 일어나는 두 사람.

우산을 펼치는 민애. 그런 민애를 바라보는 찬란.

민애　우산 안 펴? 또 비 맞고 가려고?

찬란　비를 왜 맞아, 맞긴….

불쑥, 민애의 우산 안으로 들어오는 찬란.

찬란　넓네.

민애　이게 넓다고?

찬란　이정도면 뭐….

민애　아, 좁아. 니 우산 써.

찬란　그냥… 같이 쓰고 가면 안 돼?

우물쭈물 하는 민애를 이끌고 걸음을 옮기는 찬란.

비에 옷깃이 젖을 새라 바짝 붙어서는 두 사람.

암전.

8장.

다음 날 오전. 학교.

교실 한가운데 놓인 쓰레기통과 그 곁에 선 정혜.

잠시 후 찬란, 교실로 들어선다.

정혜   야, 한찬란.

찬란을 불러세운 정혜, 쓰레기통을 바닥에 엎는다.

쏟아진 쓰레기 더미에서 흰 봉투 하나를 집어 든다.

정혜   야, 이게 뭐일 거 같냐?

찬란   뭔데, 그게?

정혜   어쩜 이렇게 뻔뻔할 수가 있는 건지 모르겠다. 학급비
          봉투잖아. 민애가 없어졌다고 했던!

찬란   아, 그래? 찾았어?

정혜   그래, 찾았지. 빈 봉투만. 어떻게 생각해?

찬란   무슨 말이 하고 싶은 건데?

정혜   너 신발. 늘 같은 신발만 신고 다니더니. 학급비로 산

거야? 그런 거 치곤 소박한 거 샀다?

찬란 아직 그 얘기야?

정혜 당연하지. 니가 어떤 앤지 아는데. 중학교 때 있던 도벽이 몇 년 지났다고 없어져?

찬란 증거 없잖아. 내가 그 돈으로 운동화를 사고, 봉투를 버렸다는 증거.

정혜 어? 가만… 나는 지금 니 행동이 더 수상해. 의심을 받든 말든 아무런 말도 안 하던 애가, 갑자기 자기가 아니라며 해명하는 거, 진짜 이상하거든?

찬란 아니라고 말해도 어차피 안 믿을 거잖아. 너 같은 애들은.

정혜 뭐?

찬란 내가 아니라고 해봤자, 끝까지 날 의심했을 거 아니냐고.

민애 너희 둘 거기서 뭐 해?

정혜 이거 봐봐. 니가 잃어버린 학급비. 이 봉투 맞지? 우리 반 쓰레기통에 버젓이 버려져 있더라.

민애 봉투가 다 거기서 거기지. 일단, 내가 잃어버린 거니까, 내가 알아서 할게, 정혜야.

정혜 쟤를 왜 감싸?

민애 감싸는 게 아니라, 증거도 없이 무작정 의심하는 건….

정혜 너도 증거 타령이야? 반에서 학급비가 없어졌고, 반에

110

서 의심 갈 만한 사람은 딱 한명이야.

민애 내가 잃어버린 거라니까.

정혜 자꾸 잃어버렸다 잃어버렸다 하는데, 너처럼 꼼꼼한 애가? 말이 안 되잖아. 그냥 쟤 감싸주려고 하는 걸로밖에 안 보여. 야, 한찬란. 이제 그만 인정해. 니가 훔쳤다는 거.

찬란 난 훔치지 않았어.

정혜 그래 좋아. 그럼 뭐 cctv를 돌려보든 뭘 하든 담임한테 말할래. 반에 도둑고양이가 하나 숨어든 것 같은데, 의심 가는 사람이 있다고. 야, 한찬란. 나는 니가 자수할 기횔 줬고, 그걸 걷어찬 건 너야.

찬란 내가 훔치지 않았어. 나 아니라고.

정혜 너 아니면 대체 누구겠냔 말아야, 내 말이.

찬란 그걸 내가 어떻게 알아.

정혜 그러니까 밝혀 보자고, 누가 범인인지, 누가 훔쳤….

민애 나야.

정혜 응?

찬란 뭐?

민애 내가 훔쳤어.

정혜 지금 그게 무슨 소리야?

민애 학급비… 사실은 내가 썼어. 없어졌다고 거짓말 한 거야.

정혜　야, 또 쟤 감싸주려고 그러는 거야? 이딴 장난치지 마.

민애　감싸주는 것도, 장난도 전부 아니야. 진짜야. 내가 훔친 거 맞아. 지금까지 거짓말 한 거야. 전부. 미안해. 내가 어떻게 해서든 메꾸려고 했는데….

정혜　진짜야? 니가 훔쳤다고? 아니, 썼다고?

민애　그럴 일이 좀 있었어. 금방 채워 넣으려고 했는데… 그땐 너무 당황해서 나도 모르게 그런 거짓말을… 미안해.

정혜　하… 진짜 어이가 없다. 그걸 어디다가… 아니, 아니다. 그게 중요한 게 아니니까.

민애　절반 정도는 모았거든. 나머지도 금방… 미안해, 정혜야. 찬란아, 너한테는 정말 더더욱 미안해….

찬란, 아무 말도 않는다. 그저 의미를 알 수 없는 눈빛으로 민애를 보고만 있다.

민애　이 일은 내가 선생님께 직접 말씀드리고, 처벌도 받을게. 요 며칠 동안 반 분위기 어수선하게 만들어서 미안해. 학급비도 빠르게 메꿀게. 미안해. 정말 미안해.

민애, 빠른 걸음으로 교실에서 나간다. 적막이 가득한 교실. 정혜, 난처한 표정으로 찬란을 슥 쳐다보고는 민애를 뒤따

른다.

찬란, 교실 바닥에 널브러진 쓰레기들을 정리한다.

암전.

9장.

그날 오후. 하굣길.

늘 들르던 동네 슈퍼의 파라솔 아래 민애, 멍하니 앉아있다.

민애를 찾아 헤매던 찬란, 민애를 발견하곤 다가간다.

찬란 거기서 뭐 해?

민애 어? 어, 그냥… 이제 여기가 익숙해져서… 그냥 지나
치기도 아쉽고… 비도 오고 그래서….

찬란 우산… 없어?

민애 (망가진 우산을 들어 보이며) 언제 그랬는지 모르게 망가졌
어. 있다가, 비… 그치면… 가려고.

찬란 (앉으며) 웃차… 나도 비 그치면 가야겠다.

두 사람, 잠시 말없이 내리는 비를 바라본다.

찬란 듣기만 해. 일단, 놀랐다. 니가 그랬을 거라곤 정말 꿈
에도 생각 못 했거든. 넌 그럴 애가 아니니까.

민애 미안… 나한테 많이 화났지?

찬란 뭐 좀 당황스럽고 화도 나긴 했었는데, 음… 계속 생각
하다 보니까, 그렇다고 해서 갑자기 니가 싫어지거나
그렇진 않더라고. 무슨 이유가 있겠거니, 싶고. 니가
그 돈을 허투루 썼을 애도 아니고.

민애 찬란아….

찬란 진짜 신기하다.

민애 뭐가?

찬란 이렇게 니 얼굴 보니까, 화가 났었는지조차도 기억이
안 나네. (사이) 돈은, 어느 정도 메꿨어?

민애 대충 절반….

찬란 오케이. 빨리 해결하자. 야, 일어나. 우리 이러고 있을
시간이 없을 거 같은데. 나도 뭐 알바 좀 알아볼까?

민애 미안해… 너만 억울하게… 그래놓곤 뻔뻔하게 노력을
해보라니 뭐니… 미안해, 정말 미안….

찬란 괜찮아. 그래도 그 덕분에 엄마도 만나러 갈 수 있었
고, 나도 좀 달라진 거 같고….

민애 엄마는 내가 아니었더라도….

찬란 아니, 니가 아니었으면 난 절대 엄마를 만나러 갈 생각
조차 안 했을 거야. 선생님이 애써 알아보고 챙겨주신
그 쪽지는 곧바로 버렸을 거고. 민애야. 덕분에 '노력'이
라는 좋은 단어가 내 것이 되었잖아. 야, 나한테 포기하
지 말라던 니가 이러고 있음 어떡하냐. 일어나, 남은 돈

얼른 메꿔야지.

민애   고마워. (사이) 근데, 비… 아직 안 그쳤는데….

찬란   (웃으며) 내 우산 같이 쓰고 가면 되지.

찬란, 우산을 펼치고 민애를 향해 활짝 웃어 보인다.

민애, 역시 활짝 웃으며 우산 아래 찬란의 품으로 들어간다.

암전.

10장.

그날 저녁. 보육원 앞.

민애를 바래다주는 찬란.

두 사람, 보육원 앞을 서성이는 정혜와 마주친다.

민애   어, 정혜야.

정혜   어딜 쏘다니다 이제야 오는 거야? (찬란에게) 때마침 같이 있었네. 야, 한찬란 미안하다. 그동안 내가 널 막무가내로 범인으로 몰아간 점, 사과할게.

찬란   어, 뭐, 그래….

정혜   니가 많이 억울했을 텐….

찬란   (말을 자르며) 아니, 뭐… 옛날 일도 있고 해서, 그럴 수도 있었다고 생각해. 앞으론….

정혜   (말을 자르며) 그래, 앞으론 조심할게.

찬란   어, 그래… 고마워.

정혜   그리고, 야, 김민애, 이 기집애야.

민애   미안해, 정혜야. 너 바보 만들고….

정혜   (한숨) 됐고. 급한 일 있었던 거야? 잘 해결은 된 거고?

민애	응?
정혜	아, 그 돈 말이야. 갑자기 그 큰돈을….
민애	정혜야, 그게….
정혜	망할 년. 아, 돈 필요하면 나한테라도 미리 얘길 하든가. 자, 이거.
민애	이게 뭐야?
정혜	다음 달 알바비 가불로 땡겨 받은 거야. 일단 이걸로 메꿔.
민애	아니, 됐어. 내가 알아서 할게.
정혜	어느 세월에. 시끄럽고, 일단 메꾸고 나한테 갚아. 각오해. 이자 쎄게 받을 거니까.
민애	미안해. 그리고, 고마워. 정혜야.
정혜	지랄. (사이) 근데, 너희 둘, 사귀냐?
민애	아, 아니!
정혜	넌 왜 대답 안 해?
찬란	어, 모, 몰라….
정혜	미친… 기면 기고 아니면 아닌 거지, 몰라는 뭐야, 몰라가… 야, 할 거면 똑바로 해, 알았어?
민애	야, 왜 그래….
찬란	그래, 노오력!

세 사람 서로의 얼굴을 보며 웃는다.

해가 뉘엿뉘엿 저문다.

암전.

11장.

1년 후 어느 늦은 오후. 보육원 앞.

살짝 가랑비가 흩뿌린다.

모처럼 주말 데이트를 위해 민애를 기다리고 있는 찬란.

한 여자, 우산도 쓰지 않은 채 찬란을 지나쳐 우편함 앞에 선다.

우편함을 바라보다 이내 편지 하나를 넣고 돌아선다.

찬란　저기, 우산 없으세요? 옷이 많이 젖으셨는데….

여자, 찬란을 바라보다 고개를 끄덕인다.

찬란, 자신이 쓰고 있던 우산을 여자에게 건넨다.

찬란　이거 쓰세요.

여자, 당황한 듯 거절의 손짓을 한다. 언뜻 보니 수화인 듯하다.

찬란, 애써 여자의 손에 우산을 쥐어준다.

찬란 아, 죄송합니다. 제가 수화를 몰라서….

여자가 수화로 무어라 이야기를 좀 더 이어간다.
찬란, 알아듣진 못하지만 밝은 표정으로 고개를 끄덕인다.

찬란 (입모양 크게) 그냥 가지셔도 됩니다. 괜찮아요, 곧 여자
친구 나올 거라서요.

여자, 찬란에게 고개 숙여 인사하고 돌아선다.
찬란, 멀어져가는 여자의 모습을 오래도록 바라본다.

찬란 누구지? 어디서 많이 본 얼굴인데….
민애 야! 한찬란! 이 미친놈아, 우산도 없이 여기서 뭐 해.
들어와서 기다리던가!

찬란, 잽싸게 민애의 우산 속으로 들어간다.
민애, 찬란이 바라보던 곳에 한 여자가 걸어가는 걸 발견한다.

민애 이 시간에 누구지?
찬란 왜, 거기 뭐 있어?
민애 응? 아, 아니. 그냥.
찬란 싱겁긴.

민애 뭐 먹을까? 뭐 사줄 거야?

찬란 비 오니까… 짬뽕?

민애 미친, 흰 옷 입었는데. 오므라이스!

찬란 오므라이스?

민애 응, 오므라이스.

찬란 그래, 가자. 오므라이스. 오~므라이~스~

민애 야, 비 맞지 말고 바짝 붙어, 좀.

찬란 우산 좀 큰 거 갖고 다녀.

민애 왜애~? 작으면 더 좋은 거 아닌가아~?

찬란 너, 많이 변했다.

민애 왜, 싫어?

찬란 아니, 좋아!!

두 사람, 행복한 표정으로 서로에게 기대어 걷는다. 구름이 걷히고 비가 잦아든다. 곧 맑은 하늘 위로 해가 빛날 것 같다.

암전.

맛 보고 가이소

박원종

멘토 김성희

등장인물

하정우(55세) : 양말가게를 운영하며 우렁찬 목소리와 기
발한 아이디어로 장사의 신이라 불린다.

채소연(52세) : 청과물가게 주인으로 젊은 나이에 창업하
여 성실하고, 세심한 성격에 주변 분들을 잘 챙긴
다.

원　종(30세) : 깐깐하게 하나부터 열까지 비교하고 심사
숙고하지만 결정력이 부족하며 말이 수다스럽다.

지　오(30세) : 차분하게 사건을 해결하여 조근조근 말을
아주 잘하며 침착하다.

멀티 : 다수

시간

2021년 봄

장소

지오와 원종의 신혼집

무대

방안에는 TV장 위로 오래된 TV가 있고 그 위로 작은 창문
이 있다. 방 가운데로 폭신한 침구가 방을 꽉 채우고 있다.

원 종 (누워서 스마트폰을 만지며) 오늘 저녁은 뭐 먹을까?

지 오 (밖에서 소리가 들린다) 어서 일어나라

원 종 (이리저리 뒹굴면서) 오늘 저녁은 뭘 먹으면서 멋진 주말을 마무리할까?

지 오 (밖에서 더 크게 목소리가 들린다) 뭐라고?

원 종 (한 글자씩 또박또박) 오.늘.저.녁.은.뭐.먹.지?!

지 오 (문을 열고 들어오며) 그만 일어나라고 했지? (발길질을 하며) 좋은 말 할 때 일어나시죠?

원 종 (능청스럽게) 오늘도 이쁘네 자기?

지 오 (밖으로 나가면서) 냉장고에 뭐가 있나 볼까?

지오 가고 원종은 리모컨을 찾는다.

원 종 (누워서 이리저리 뒹굴면서) 리모컨씨~ 어디에 있나요?

원 종 (TV앞 리모컨을 발견) 멀리도 계셨구려 리모컨씨~ (리모컨 냄새를 맡아본다) 음~ 오늘은 뭐가 하려나~ 전. 원!

원종이 TV를 켜자 뉴스가 나온다.

뉴스앵커 요즘 전통시장을 이용하는 소비자들의 발걸음이 감소하고 있다고 합니다. 각종 대형 마트와 편의점으로 전통시장의 입지가 위축되고 있는데요. 시장 상인들의

고충이 나날이 깊어지고 있다고 합니다. 대형 마트들은 값싼 물건을 대량으로 구매하여 판매를 이어나가고 있으며, 꾸준한 소비자들의 발걸음으로 충분한 순환과 매출의 증가가 급증하고 있다고 합니다. 이에 전통시장의 소비는 해가 거듭될수록 점차 감소하고 거리 점포와 상가를 지키는 것 또한 힘든 실정이라고 합니다. (사이) 그래서 말입니다. 저도 오늘 저녁은 집 앞 전통시장을 이용해볼까 합니다. 이상 WJBC 나간다 기자였습니다.

지오가 문 밖에서 들어온다.

지 오   (문을 열고) 냉장고에 (머리만 빼꼼 내밀며) 아무것도 없네.

원 종   (이불을 박차며) 뭐라고?! 냉장고에 없어?! 큰일이다.

지 오   장보러 갈까?

원 종   그럴까? 좋았어! (멈칫) 헛!
(방백) 오늘은 특별한 주말을 보내고 싶었다. 그래서 난 지금 곰곰이 생각한다. 둘이서 늘 그렇듯 장보고, 집에 돌아와 음식을 하고, TV를 보면서 밥을 먹고, 설거지를 하고나면 시간은 벌써… 오늘이 지나 시간은 월요일을 가리킬 것이다. 난! 오늘을 늘 그래왔듯이 보내고 싶지 않다! (좋은 생각이 떠오른다) 그래! 오늘 오랜만에

야간 산행 가려고 했는데 자기랑 둘이….

지 오 (기겁하며) 자기, 저번에 기억 안 나?!

암전.

과거 회상.

처음 시도한 야간산행 길에 지오와 원종은 길을 잃었다. 풀벌레소리와 바람에 스치는 나뭇잎 소리가 들린다. 등산 가방을 매고 손전등으로 길을 밝히면서 내려오고 있는 지오와 원종.

원 종 (떨면서) 자기. 괜찮아? 내가 있잖아. (좌우를 두리번거리며) 가로등이 있으니까 분명 끝이 있을 거야.

지 오 (떨면서) 응. 그렇겠지.

원 종 (손을 뻗으며) 자기. 우리 손잡자.

나무들 사이로 낮은 풀 더미가 조금씩 흔들린다.

원 종 (잡은 손을 놓으며) 으악! 뭐야! 나와! 하하하 안 무섭다~

지 오 (목덜미를 잡으며) 자기가 더 무서워 죽겠다! 으이그.

다시 한 번 풀 더미가 흔들리고, 킁킁거리는 동물소리가 들린다.

지 오   하지마라….

원 종   (움직임이 없다)

다시 한 번 킁킁 동물소리가 들린다.

원 종   (말없이 손짓으로) …!!

지 오   (고개를 조금씩 위아래로 움직이며) 응….

풀 더미가 조금 더 격하게 흔들린다.
풀 더미에서 비치는 형광색 빛.

원종/지오   으아악~!

암전.

지오와 원종은 방 가운데서 부둥켜안고 있다.

지 오   다신 안 간다!!

원 종   (기지개를 켜면서) 으아~ (능청스럽게) 오늘도 바쁜 하루가
        되겠군.

지 오   야간 산행보다는 즐거운 하루가 되겠네.

원 종   (군대 조교로 돌변한다) 그럼 오늘의 전투 장소를 정하겠

다. 현재 시간 오후 1시 태양과 가장 가까운 시간으로 도보로 이동은 금지한다. 장을 보기 위해서 집 앞 대형 마트 보다는 볼거리, 먹거리, 데이트 3박자를 획득할 수 있는 동그라미시장으로 정하도록 하겠다. (비장하게) 흥정의 대부 이 원종 님의 말빨이면 좌판 깔아놓고 장사하는 사장님들 돈 벌려고 나왔다가 원가보다 싸게 팔고 돌아가는 형상을 목격할 수 있을 것이다! 알겠나 전우여?!

지 오   그래.

원 종   좋았어!

원종은 문 밖으로 나간다. 지오는 방을 정리한다.
상의만 멋있게 걸치고 들어오는 원종.

원 종   준비 끝!! 하하하 출발~

지 오   눈곱 떼고, 이빨 닦고… 일단 씻고 와. 씻고 와. (밀치며) 씻고 오라고!

암전.

청과물가게는 커다란 유리창 앞으로 다양한 과일과 채소들이 좌판으로 나열되어 있고, 건너편에는 리어카 위에 양말을 팔고 있는 상점이 보인다.

채소연   (가게 문을 열고 나온다) 아이고~ 날씨 한 번 참말로 좋
네! (하늘을 바라보며) 오늘도 우리 동그라미시장~ 우리
가게~ 장사 잘~ 되게 해주이소~ 하하하 (멀리 소리치며)
오늘 아주 싱싱한 물건이 잔뜩 들어왔습니다. 골라보
고 가이소~

리어카 뒷골목에서 나온 원종과 지오는 청과물가게를 발견
한다.

원 종   (비장하게) 자기. 우리의 목표는 오직 하나 상대방의 심
리를 잘 이용한다. 오늘 저녁 된장찌개에 들어갈 호박,
양파, 대파, 고추, 두부를 아주 저렴하게 구매한다! 알
겠나?! 전우여.

지 오   (시큰둥하게) 알겠다. 전우야.

원 종   (청과물을 향해) 적진으로 돌격!

채소연   (인기척을 느끼고) 어서 오세요. (원종과 지오의 얼굴을 보며)
아이고~ 새신랑이랑 새색시가 아주 보기 좋네~ 좋아
~ 하하하하 우리 동그라미시장에 아주 잘 오셨어요.
오늘 실한 물건이 많아 뭐든지 골라봐 내가 싸게 줄게.

원 종   (능청스럽게) 아이고~ 하하하 저는 뭐 이모님을 저~쪽

에서 딱 보니까. 아니. 왜. 전통시장에 미모의 여배우가 계실까 했네요. 하하하 저~기 멀리서도 이 후광이 딱!

채소연 (부끄러워하며) 연예인? 다 늙어빠진 할망구한테 못하는 소리가 없다. 내가 뭘. 처녀 때는 뭐 쪼매 이쁘긴 했는데… 호호.

지 오 (호박을 들고 살펴본다) 호박이 엄청 크네.

채소연 그게. 여기 있는 물건들 거의 집 앞에 있는 밭에서 내가 직접 농약도 안 치고 직접 유기농으로 기른 거라서 몸에도 좋고 맛도 좋고.

원 종 (호박을 빼앗아 살펴본다) 이 호박은 꼭지를 보아하니 튀어나온 부분에서 3분의 1 정도 말라있고, 겉 표면에 상처가 없으며 만졌을 때 단단함이 있으며, (냄새를 맡아보며) 시큼함이나 약물의 냄새가 전혀 없는 것으로 보아하니 (고개를 끄덕이며) 오늘 저녁 된장찌개에 투하하여 맛을 한층 살려줄 것으로 예상된다. (지오의 허리를 당기며) 동지! 어떻게 생각하나 물건을 확인해 보게나.

지 오 (이를 물고) 밖이다. 그만해라.

원 종 (덤덤하게) 오케이!

지 오 (호박을 가로채며) 이모 이거 얼마에요?

채소연 새신랑은 꼼꼼한 게 살림 하난 잘하겠다. 하하하 그래서 이렇게 예쁜 새댁 얻었나봐? 호호 새댁 그거 3천

원만 줘. 호호.

원종은 지오의 손에 있는 호박을 내려놓고 상황을 재빠르게 정리함과 동시에 몸을 돌려 지오와 작전회의를 한다.

원 종 (지오를 잠시 채소연과 거리를 두게 한다) 3천 원… 3천 원이 라니! (호박을 살피며) 호박에 금을 발랐나?! 아니 가격 이 뭐 이렇게 비싸냐고. 집 앞 마트가 더 싸겠다. (지오 를 보며) 동지, 적이 아주 강력하니 적진을 바꾸는 것이 어떻겠소! 일명 니맘 내맘 작전! (채소연에게) 사장님 여 기 동그라미시장 엄청 오래됐던데 사장님은 언제부터 여기에서 장사 하셨어요?

채소연 호호 그럼 잠깐 주책 좀 떨어볼까? (하늘을 바라보며) 아 주 오래전 일이었지~

암전.

무대 앞으로 나무 책상과 테이블이 놓여있다. 뒤로 70년대 동 그라미시장이 보인다.

변 사 때는 바야흐로 1970년대 어느 날 이 곳 동그라미시장 엔 사랑하는 남과 여가 있었으니. 그 둘의 만남은 어두

운 밤 통금 사이렌조차 막을 수 없었던 것이었던 것이
었따!

가로등에 빛이 켜지고, 통금을 알리는 사이렌 소리가 들린다.
우정이 가로등 뒤에서 조심스럽게 나온다.

우 정   (작은 목소리) 소연 씨. 나의 소연.

변 사   (우정에게) 안 들린다! 더 크게 불러라! 간지러 죽겠네.
          귀가 어두워서 안 들린다니까!

우 정   (큰 목소리) 소연 씨. 어디에 숨었소.

무대 뒤에서 소리가 들린다.

채소연   뻐꾹!

우 정   뻐. 뻐꾹!

채소연   뻐꾹! 뻐꾹!

변 사   아주 지랄을 한다. 지랄을 해. 아이고. 참. 나. 하.

채소연이 뛰어나와 우정에게 안긴다.

채소연   우정 씨. 나 엄청 무서웠어요.

우 정   허허. 나의 소연 걱정마요. 당신이 어디에 있던 내가 항상 찾을 거예요.

채소연　우정 씨.

우 정　소연.

진한 키스와 함께 무대는 어두워지고 핀 조명이 둘을 비춘다.

변 사　(당황하며) 야! 조명! 뭐야 이게 뭐하는 짓이야?! 이거 대본에 있었어?! 어?! (둘을 보며) 아이고~ 눈꼴시리라! 그만!!

조명이 바뀐다. 이내 채소연은 갑자기 우정을 밀친다.

우 정　아니. 소연. 갑자기 왜 그러는 거요?

채소연　우정 씨. (눈물을 머금고) 난 당신 없이는 살수 없어요. 마치 공기 없는 지구에서 숨 쉬는 것과 같죠.

우 정　나도 당신과 같소. 헌데 어찌 우리는 이렇게 멀리 떨어져 있는 것이오?

채소연　우리의 사랑이 장작과 같이. 뜨겁지만 금방 타버려 재가 돼버리진 않을….

우정은 달려가 채소연의 허리를 감싸고 서로의 눈을 마주 본다.

우 정 소연. 백 마디 말보다. 나의 행동과 믿음. 신뢰. 모든 마음을 담아 확신으로 그대의 곁을 지키겠소. 내 눈을 보시오.

채소연 우정 씨.

변 사 조명! 암전! 아이고~ 몬 봐주겠다. 내가 대본에 없는 거 하지 말라고 그렇게~ 말했는데 말을 들어먹질 않아요. 아! 참! 그래서 저기 저 둘은 어떻게 되었냐구요? 아까 저 가로등이었던 곳 그 옆 건물에 채소가게 차려서 아주 알콩달콩 잘 살고 있다고 합니다. 하하 오늘은 여기까지. 다음에 또 봅시다! 조명~ 암전!

암전.

채소연 (하늘을 보며) 그땐 그랬지. 그 달콤한 맛에 여기 터를 잡고 보낸 세월이 벌써 40년이 흘렀네.

원 종 다른 사장님은….

채소연 먼저 보냈지 뭐. (눈물을 훔치며) 허허 아이고 참 별 소릴 다한다.

지 오 (원종 허리를 찌르며) 어딜 가도 똑같을 거야. 상태도 괜찮고 여기에 우리가 살 물건들도 다 있으니까. 다른 곳 가지 말고 여기에서 해결하자. 응?

원 종 지금 가격이 문….

지 오 (원종의 입을 막으며) 쉿! 저번에 기억나지? 천 원짜리 컵 하나 사려고 이천 원짜리 컵이 있던 다이소 4곳을 5시간 동안이나 돌아다니고 결국 천 원짜리 컵 (원종을 몰아붙이며) 아직도 못산 거!!

원 종 (풀이 죽은 목소리로 채소연에게) 사장님. 이거. 저거. 요거. 두부. 요거. 고추. 주세요. 얼마에요?

채소연은 가게 안으로 들어간다. 봉지에 여러 가지 식재료를 담는다. 원종은 오른쪽 신발을 벗어 왼쪽 발목 아킬레스건에 비빈다.

지 오 (덤덤하게 원종에게) 간지러워? 어제 약 안 바르고 잤지?!

원 종 (히죽 웃으며 지오에게) 자기가 안 발라줬으니까… 안 발랐겠지? 히히.

지 오 으이그. 내가 못살아.

양말가게 뒤편에서 나오는 하정우. 정우는 원종과 지오의 행동을 보며 생각에 잠시 잠긴 후 종이박스에 검은색 매직으로 '무좀양말'이라는 문구 적어 리어카 앞에 걸어두며 헛기침을 연신 해댄다. 원종은 다시 신발을 신는다.

채소연 (봉지를 원종에게 건네며) 자. 여기. 하하. 감사합니다. 요

것들 다해서 2만 2천 원인데 내 이쁜 아가씨랑 잘생긴 총각을 봐서 기분 좋으니 2만 원만 받을게! 호호. 오늘 저녁 맛있는 거 해드시려구?

지 오 예. 된장찌개 해먹으려구요.

채소연 그래요? 된장찌개? 호호호호. 요즘 된장찌개에 차돌박이나 돼지갈비 넣어서 먹으면 맛있다던데. 요기 뒤로 돌아가면 싸고 매일매일 고기 직접 받아서 파는 정육점이 있는데 오늘까지 행사한다고 하더라구요. 호호호호 가는 길이면 들러 봐요.

지 오 예. 감사합니다. (원종에게) 자기. 고기도 조금 사서 갈까?

원 종 (생각에 잠기다가 채소연에게) 이모님. 요즘 장사는 좀 어때요? 손님들이 많이 뜸하죠?

채소연 (한숨을 내쉬며) 요즘 뭐 그렇지. 저기 앞에 떡하니 대형 마트가 생기질 않나… 요 뒤로는 30년 된 구멍가게가 사라지고 편의점이 들어서질 않나… 사방에서 이 동그라미시장 오는 길을 막고 있으니… 오던 손님도 떠나지 뭐…. (한숨을 내쉬며 하늘을 바라본다)

옆 양말집 가게 하정우가 헛기침을 하며 멀리서 말을 건넨다.

하정우 (당차고 씩씩한 목소리로 채소연에게 다가서며) 뭘 그렇게 한

숨이 깊어~ 땅 꺼지고 이쁜 구름들 다~ 날아가겠소
~ (시장사람들 모두 들으란 듯이 큰 소리로) 아니. 저놈들이
여기 저기 생겨나면 뭐 어때. 우리가 못한 게 뭐가 있
다고. (채소연에게) 너무 그러지 말어 채 씨~ 내가 있잖
아 하하하하. (원종과 지오를 보면서) 아이고 우리 동그라
미시장에서 이때까정 장사하면서 이렇게 멋지고 이쁜
손님은 또 처음이네.

원종/지오   안녕하세요. 하하하하.

하정우   저는 저~기 (리어카 옆으로 걸어가 돌아서서 '무좀양말' 표지
판을 가리키며) 양말가게 사장입니다. 사장. CEO란 말이
죠. 하하하하.

원종/지오   예. 하하하하.

정우하   (원종의 발을 손가락으로 가리키는 척 하면서 헛기침과 함께)
흠. 그. 저기. 뭐. 필요한 게 없습니까? 한번 둘러보고
가셔요. 없는 건 없는 거고. 뭐. 있는 건 다 있으니까~
(표지판을 손바닥으로 툭 치면서) 필요한 거. 없습니까?

채소연이 가게로 들어가 복숭아를 2개 들고 나와 원종과 지오
의 봉지에 넣어준다.

채소연   (복숭아 2개를 원종의 손에 있는 봉지에 넣으며) 아이고. 이쁜
총각 멋진 색시~ 아! 아니지. 내 정신 좀 봐. 멋진 총

각. 이쁜 색시~ 이거 복숭아니까 집에서 먹구 둘이 똑
닮은 예쁜 딸래미 나으셔~ 호호.

원 종 (환하게 웃으며) 아… 아… 아닙니다. 뭘 이런 걸 다 주십
니까. 아이구~

지 오 (환하게 웃으며) 이모님. 감사합니다. 잘 먹을게요.

채소연 (정우에게 빗질을 하며) 아이고! 손님들 그만 괴롭히고~
장사 안할 거야?! (원종, 지오에게) 어여 가. 저~기 저 뒤
로 가서 옆으로 돌면 딱! 보여.

원종과 지오는 골목길을 돌아 정육점을 찾아 나선다.

채소연 (정우에게) CEO?! 씨.이.오?! 으이그~ 도움이 안 돼요!
도움이!

암전.

사이.

어두운 저녁 동그라미시장. 전화 벨소리가 울리고 채소연이
전화를 받는다.
반대편에서 지켜보는 하정우 앰뷸런스 소리가 들리고, 뛰쳐나
가는 채소연은 하정우와 부딪힌다.

채소연 죄송합니다.

하정우 괜찮습니다. 하하.

채소연 정말 죄송합니다. 급한 일이 생겨서.

채소연에게 큰 소리로 말하는 하정우.

하정우 제가 오토바이가 있는데 도와드릴게요!

암전.

사이렌소리가 들린다.

하얀 벽 아래 긴 의자에 앉아 있는 채소연과 하정우.
의사가 반대편에서 걸어온다. 의사를 발견하고 가까이 다가가
는 채소연.

채소연 그 사람은….

의 사 (고개를 흔든다)

쓰러지는 채소연을 붙잡는 하정우.

암전.

신분증을 잃어버린 원종은 리어카 옆을 서성인다.

원 종 어디 갔나… 하….

반대편에서 하정우가 원종을 발견하고 다가온다.

하정우 어이! 뭐하는 거요?! 어이!

원 종 어! 아저씨 혹시 여기에 민증 못 보셨어요?

하정우 어? 아까 그… 청년이오? 민증?

원 종 예! (서성이며) 내일 면접 있는데… 민증 찾아야 하는
데… 주머니에서 떨어졌나 봐요….

하정우는 원종과 리어카 주변을 수색한다. 리어카 뒤에서 하
정우가 민증을 발견한다.

하정우 이보쇼. 이거. 민증 아니오?!

원 종 어! 네! 맞아요. 정말 감사합니다.

하정우 거 좀 조심히 다니쇼. 허허. 다행이네 뭐.

원종은 리어카를 정리하던 정우에게 말을 건다.

원 종 저기… 아저씨.

하정우 예~

원 종 채소가게 아주머니랑 무슨… 사이에요?

하정우 (당황하며) 사이는 무슨….

원 종 아까. 아저씨 눈빛 다 봤는데요. 뭘. 하하

하정우 누… 눈빛?! (아닌 척) 통 무슨 소릴 하는지 나. 원. 참.
(하늘을 본다)

원 종 그래요? 아닌가…?

하정우 아니긴 뭐가 아니야? 그냥 좋아하는 거지.

원 종 역시. 채소가게 사장님도 아저씨랑 같은 눈빛이었어
요.

하정우 (멍하니) 나랑? 같은 눈빛?

암전.

사이.

어두운 저녁 동그라미시장. 무거운 짐을 옮기고 있는 채소연
은 허리를 아파하며 가게 안으로 들어간다. 옆에서 지켜보고
있던 하정우는 채소연 몰래 짐을 옮겨다. 놓는다.

암전.

사이.

어느 겨울 어두운 저녁. 지나가던 하정우는 채소가게 앞에 놓여있던 커다란 상자를 보고 옮기려한다. 얼음판에 미끄러지고, 큰 소리에 놀라 채소연 뛰쳐나온다.

암전.

주말 동그라미 시장엔 활기가 넘친다. 또 다시 찾은 원종과 지오.

채소연 아니야. 자주 와. 시간 되면 여기 앉아서 이런저런 이야기도 좀 하고 가~
원 종 예. 주말 되면 둘이서 손잡고 자주 들릴게요. 하하.
지 오 우리가 데이트 하러 왔다가 이젠 더블데이트 해야겠는 걸요?
채소연 으잉? 그게 무슨 소리야?

원종은 하정우에게 받은 털양말을 채소연에게 건낸다.

채소연 저 양반이 주라카더나?! 으이그!

채소가게로 들어가는 채소연은 털양말을 신고 조심스럽게 나온다. 건너편에서 지켜보던 하정우는 털양말을 보고 헛기침을 연신 해댄다. 지오와 원종의 시선이 순간 종이박스로 향한다.

지 오　자기. 저번에 발가락양말 필요하다고 하지 않았어?

원 종　근데 그 발가락양말 요즘에 잘 없더라고.

하정우　(리어카 뒤 의자에 앉아 한쪽 신발을 벗어 리어카 위로 올려둔다) 아이고~ 시원해라~

마침 발가락양말을 신고 있는 하정우는 손으로 리어카 위로 올린 발가락 사이사이를 긁는다.

원 종　(하정우에게) 사장님. 이거 발가락양말 팔아요?

하정우　(벌떡 일어나 신발을 신고 리어카 위에 있는 양말 뭉치를 원종에게 보여주며) 그럼! 여기 이렇게나 많이 있네. 하하하하.

천천히 리어카 옆으로 다가오는 채소연.

채소연　하사장! 안 보여?!

하정우　이쁘네.

사이.

잠시 옆으로 자리를 비키고 있던 원종과 지오가 다가온다.

원　종　(정우에게) 사장님 이거 얼마라구요?

하정우　아이고~ 이렇게 만난 것도 인연인데. 10개 만원! (사이) 거기에 둘이서 잘 때 신으라고 수면양말 세트는 선물로 드릴게! (수면양말과 무좀양말을 원종의 손에 올린다) 자! 다 가져가소!

원　종　(의아해하며) 아니. 이렇게 주셔도 괜찮으세요?

하정우　뭐. 당장은 그래도 다음에 둘이 오지 말고 셋이 오면 남는 장사 아니겠어? 하하 재테크가 따로 있나? 바로 이런 거지!

원　종　사장님 재테크 제대로 하시네요.

채소연　나도 한몫 했습니다~!

다 같이 웃으며.

암전.

목소리

이지언
멘토 김성희

등장인물

주혁   35살. 남성, 보험조사팀 계장
형철   50살. 남성, 보험조사팀 팀장
정우   30살. 남성, 보험조사팀 사원
정숙   54살. 버스기사의 아내
유미   30세. 버스기사의 딸, 회사원
박씨   57살. 남성, 버스기사
어린주혁 16살, 학생
멀티 다수

시간

2021년 여름

장소

보험회사 사무실

무대

무대 중앙에 사무용 책상 3개가 있다.

프롤로그

암전 상태에서 어두운 음악과 지지직 소리 그리고 잡음이 뒤
섞인 소리가 나온다.

목소리(여자) (다급한 목소리) 도와주세요! 도와주세요!
목소리(남자) 야 이 씨발년아! 어디 도망가? 너 잡히면 뒤진다!
목소리(여자) (울먹이는 목소리) 제발 도와주세요.

엘리베이터 소리, 여자의 우는 소리, 남자의 고함 소리가 크게
들린다.

목소리(어린 주혁) 놔… 놔요. 놔… 놔요.

어린 주혁의 울음소리, 여자의 우는 소리가 들린다.
소리가 서서히 잦아들고 무대는 고요해진다.

목소리(엄마) 주혁아! 버스 탔어? 그래! 학교 마치고 바로 학원
가고 알았지? 주혁아! 엄마가 말했지? 친구라도 도와

주면 안 된다고. 나중에 나만 손해 본다고! 알았지? 학
교 잘 다녀와. 우리 아들!

지지직 소리.
어두운 음악이 흐른다.

1장.

조명이 들어온다. 장소는 병실이다.

무대 중앙에는 침대가 있고 그 옆에는 의자 하나가 있다.

박 씨가 침대에 누워있고 주혁이 그 옆에 앉았다.

주혁　몸은 좀 어떠세요? 말은 할 수 있죠?

박 씨가 천천히 고개를 돌려 주혁을 바라본다.

그러나 눈에는 초점이 없다.

박씨　(입을 크게 벌린 채 뭐라고 웅얼거린다)

주혁　네? (박 씨 쪽으로 몸을 가까이하며) 뭐라구요?

박씨　(입술을 움직인다. 그러나 소리는 나지 않는다)

주혁　네? 어르신 제가 잘 안 들리는데 다시 말씀해주세요.

박씨 입술을 크게 벌려 움직인다.

입술 사이로 침이 줄줄 흐른다.

이때 의사가 들어온다.

의사 아마 말을 못 할 겁니다.

주혁 네?

의사 머리를 크게 다쳤거든요.

주혁 머리를요?

의사 네.

주혁 수술을 해야 합니까?

의사 수술로도 불가능할 겁니다.

주혁 불가능하다구요?

의사 네. 초반에 너무 지체되었어요. 병원에 왔을 때는 이미 늦었구요.

주혁 그러면 이 환자는?

의사 아마 평생 이 상태로 살아야 할 겁니다.

주혁 평생을요?

의사 네. 평생을요. 몸을 제대로 움직이지 못하는 것은 물론 기본적인 의사소통조차 못 할 겁니다.

주혁 그러면 환자와 이야기를 나누는 것은 힘들다는 말씀이신가요?

의사 그럴 겁니다.

의사 휴지로 환자의 침을 닦아준다.

환자의 눈과 몸 상태를 살핀다.

의사   (주혁을 바라보며) 안타까운 일이죠. 그럼.

의사 주혁에게 인사를 하고 퇴장.

박 씨, 주혁을 뚫어지게 바라보면서 입술을 움직인다.

입술을 움직일 때마다 침을 흘린다.

주혁   (이불을 덮어주며) 안타까운 일이군요.

주혁 퇴장한다.

박씨 관객석을 향해 한참을 입술을 움직인다.

암전.

2장.

조명이 들어온다. 무대는 낡은 복도식 아파트의 거실이다.

무대 중앙에는 낡은 소파 하나가 놓여 있다.

소파 앞에는 갈색의 밥상이 놓여 있다.

밥상 위에는 커피 두 잔과 사과가 담긴 접시가 놓여 있다.

정숙　　대접할 게 없어서. 사과라도.

주혁　　아 아닙니다. 괜찮습니다. 아버님은 좀 어떠신가요?

정숙　　(울먹거리며) 여전하죠.

주혁　　안타깝습니다.

정숙　　말이라도 할 수 있다면 좋으련만. 그래도 죽지 않고 살
　　　　아서 다행이다 싶다가도 평생 저렇게 산다고 생각하
　　　　니 어찌나 불쌍한지.

주혁　　힘내십시오. 곧 나아지시겠지요.

정숙　　(눈물을 닦으며) 그러면 다행이지만. (사이) 근데 무슨 일
　　　　이시죠?

주혁　　네. (명함을 보여주며) 보험금과 관련하여 몇 가지 조사할
　　　　것이 있어서요.

정숙   (명함을 보며) 보험이요?

주혁   네. 보험금 지급과 관련해서 자세하게 사건을 조사하려고 이렇게 방문했습니다.

정숙   보험금 지급이요?

주혁   네. 아무래도 사고 후 아버님이 말을 못 하셔서 이렇게 주변의 이야기를 들을 수밖에 없어서요.

정숙   그런데 내가 도통 이 상황이 이해가 되지 않아요. 설명 좀 해 주시겠어요?

주혁   뉴스를 보셔서 아시겠지만, 아버님께서 졸음운전으로 사고를 내셨습니다. 그래서 그와 관련하여 조사를 하고 있구요.

정숙   (슬픈 표정으로) 졸음운전이요?

주혁   네.

정숙   그이가 졸음운전을 했다구요?

주혁   아직 확실한 것은 아니지만 지금까지 조사한 바로는 그렇습니다.

정숙   그이가… 그이가… (사이) 혹시 사람도 많이 다쳤나요?

주혁   아무래도 속도가 있는 상태에서 가로수를 박아서 다친 사람들이 좀 있습니다.

정숙   많이 다쳤나요? 우리 유미 아버지만큼?

주혁   그 정도는 아닙니다.

정숙   (가슴을 쓸어내리며) 아휴, 미안해요. 내가 도저히 이 상황

	을 이해 못 해서. 그래서 뭘 말하면 되는 거죠?
주혁	아주 간단한 겁니다. 형식적인 거구요.
정숙	형식적인 거라구요?
주혁	네. 그렇습니다.
정숙	형식적인 거라면 아무런 도움이 되지 못하는 거 아닌가요?
주혁	아 그런 건 아닙니다.
정숙	그래요?
주혁	네.
정숙	그러면 제가 아는 것이라도 말할게요.
주혁	감사합니다. 힘드시겠지만 부탁드립니다.
정숙	네.
주혁	최근에 아버님께서 몸이 힘드시다거나 피곤하시다고 한 적은 있나요?
정숙	최근에요? 글쎄요? 평소와 다를 건이 없었어요. 물론 퇴근하고 오면 피곤하다고 했지만. 항상 그런걸요.
주혁	그러면 평소에도 피곤하셨다는 말이군요.
정숙	일을 하다 보니 그렇지요.
주혁	아버님께서는 평소 몇 시에 일을 하러 가시나요?
정숙	새벽에 나갔다가 점심때 들어오기도 하고 오후에 나갔다가 10시 넘어서 들어오기도 해요.
주혁	쉬는 날은 있었나요? 평소 몇 시간 근무하시나요?

정숙 쉬는 날은 별로 없었던 것 같아요. 온종일 일하고 올 때도 있구요.

주혁 많이 피곤하시겠군요.

정숙 그렇지요. 먹고 살려면 어쩔 수 없지요.

주혁 경제적으로 어떠신가요?

정숙 네?

주혁 아버님 월급으로 살기엔 적당하신가요?

정숙 빠듯하지요. 우리 둘이서는 넉넉하지만 애들 둘을 키우다보니 여유가 없었어요. 그래도 이제 애들도 크고 좀 나아요. 워낙 알뜰한 사람이라.

주혁 그러면 평소에 아버님이 지병을 가지고 있었나요?

정숙 아 그이가 혈압이 좀 낮아요.

주혁 혈압이요?

정숙 예.

주혁 그럼 평소에 피로감을 좀 느끼겠네요.

정숙 그렇게 혈압이 낮은 편이 아니라서 그 정도는 아녜요.

주혁 그래도 어느 정도 피로감을 느끼지 않았나요?

정숙 글쎄요.

주혁 음, 이 정도면 충분한 것 같습니다. 감사합니다.

정숙 잘 부탁드려요.

주혁 네.

이때 유미가 들어온다.

유미　　엄마 나 왔어.

정숙　　아유, 제 딸이에요. 유미야. 보험사에서 오셨어,

유미　　(날카로운 말투로) 보험사요?

정숙　　응. 아버지 일로 물어볼 게 있나봐.

유미　　아버지 일로요?

정숙　　응 그래.

유미　　안녕하세요? 아버지 일로 오셨다구요?

주혁　　아 네.

유미　　뭐 때문에 오신 거죠?

주혁　　네? 아 아버님 일로 제가.

유미　　(말을 끊으며) 그러니까 아버지에 대해 무슨 말씀을 듣고 싶어서 오신 거냐구요? 사고 원인에 대해서? 아니면 아버지가 사고를 일으켰는지 찾기 위해서요?

주혁　　네? 아… 그게 아니라?

정숙　　넌 말을 왜 그렇게 하니? 형식적인 질문만 했어.

유미　　형식적인 질문?

주혁　　아. 네 간단하고 형식적인 질문을 드렸습니다.

유미　　어떤 의미가 있는 거죠?

주혁　　네?

유미　　기사 봤어요. 언론에선 사고 원인을 이미 아버지의 졸

음운전으로 보던 걸요.

주혁 그건 아직 조사하고 있습니다.

유미 조사 중이라고요?

주혁 네.

유미 엄마 나 잠시만 이 사람과 이야기 좀 할게.

정숙 이미 다했는데 왜?

유미 딸이잖아. 부인하고 이야기했으면 딸하고도 이야기해야 하는 거 아닌가요? 보통 조사하면 그렇던데?

주혁 네? 그건 그렇지만

정숙 나하고 이야기 다했는데 왜?

유미 무슨 말 했는데!

정숙 그냥 아버지 건강 이런 거 물었지.

유미 엄마! 그게 다라면 우리가 불리해! 시간 괜찮으시죠?

정숙 애가 참!

주혁 아 아닙니다. 잠시라면 괜찮습니다.

정숙 아이구 죄송해요. 딸아이가 성미가 그래요. 제가 차와 과일 좀 더 가져올게요.

주혁 괜 괜찮습니다. 그러지 않으셔도….

정숙 퇴장.

유미 주혁 맞은편에 앉아 주혁을 쳐다본다.

주혁	(당황하며) 어… 그러니까….
유미	버스에 대한 결함은 없었나요?
주혁	네?
유미	그건 아직 조사를 못 했나 보네요?
주혁	아… 그건….

유미 가방에서 몇 가지 서류와 USB를 꺼낸다.

유미	버스에 대한 결함이 있다는 서류예요. 그리고 이건 블랙박스 영상이구요. 나중에 보시겠지만 영상을 보면 졸음운전으로 보이지 않아요.
주혁	서류를 좀 볼 수 있겠습니까?

유미 서류를 넘겨준다.

주혁	카센터에서 조사한 자료군요,
유미	네. 혹시나 몰라서 총 네 군데 카센터를 찾아갔어요. 블랙박스는 경찰서에서 받았구요.
주혁	혹시 이 자료를 가지고 뭘 하시려구요?
유미	신문사에 넘길 생각이에요. 블랙박스는 벌써 넘겼구요.
주혁	신문사요? 블랙박스를요?
유미	당신들은 어차피 회사에서 하라는 대로 할 거고, 버스

회사는 아버지에게 책임을 돌리겠죠. 결국 언론은 아버지의 졸음운전으로 기사를 낼 거고요, 적어도 사실대로 기사를 내겠다는 기자가 한 사람 있더라구요.

주혁 이걸 왜 보여주는 거죠?

유미 알고 있으라는 거예요. 어머니한테 어떤 질문을 하셨는지 모르겠지만 적어도 우리가 당하고만 있지 않을 거란 걸 아셨으면 해서요.

주혁 저는 제 할 일을 할 뿐입니다.

주혁 서류를 유미에게 넘겨준다.

그리고 나갈 준비를 한다.

유미 (벌떡 일어서서) 당신들은 가족이 없나요? 만약 당신들 가족이 지금 같은 상황이라면 똑같이 하실 건가요?

주혁 죄송합니다.

주혁 유미에게 인사를 하고 퇴장한다.

주혁을 쳐다보며 우는 유미.

암전.

3장.

무대에 조명이 들어온다.

무대는 낡은 복도식 아파트 복도이다.

어린 주혁이 무대 중앙에 서 있다.

어린 주혁은 가방을 메고 교복을 입고 있다. 한 손에는 음료
수를 들고 있다.

어린 주혁은 신발 끈을 다시 묶기 위해 바닥에 음료수를 두고
고개를 숙인다.

이때 원피스를 입은 여자와 청바지를 입은 남자가 들어온다.

남자는 여자의 머리카락을 잡고 끌고 가고 있다.

어린 주혁은 순간적으로 고개를 들어 여자와 눈이 마주치지
만, 다시 고개를 숙인다.

남자와 여자가 퇴장할 때까지 고개를 숙인다.

조명이 서서히 어두워지며 음료수 캔과 어린 주혁에게 집
중된다.

암전.

4장.

조명이 들어온다.
무대는 보험 회사 사무실이다.
무대 중앙에는 사무용 책상 놓여 있다.
형철과 정우가 각자의 책상에 앉아 업무를 보고 있다.
전화벨 소리가 들린다.

형철 (전화를 받으며) 네. ○○보험입니다. 네. 그럼 자세한 사항은 제가 찾아서 이야기해 드리겠습니다. 내일 네 시 괜찮으신가요? 네. 알겠습니다. 정우 씨!

정우 네! 팀장님.

형철 신 계장 언제 온다고 했지?

정우 세 시 정도에 온다고 했습니다.

형철 그럼 좀 있으면 오겠네.

정우 네.

형철 운전기사 집에 간다고 했지?

정우 네. 오늘 사무실로 출근 안 하신 거 보니 바로 가신 거 같습니다.

형철　그래? 결과야 뻔할 건데. 일해요.

정우　네. (사이) 저 팀장님.

형철　왜?

정우　궁금한 것이 있습니다.

형철　뭐?

정우　아까 결과가 뻔하다고 하셨는데 이유를 물어봐도 됩니까?

형철　아 나중에 정우 씨도 일하다보면 알거야. 결과가 뻔히 보이는 사건이 있거든. 지금 신 계장이 맡은 사건도 그래.

정우　어떤 점에서요?

형철　뚜렷한 증거란 게 없으니까. 버스 결함이라고 하는데 어디까지나 운전기사 입장에서 말한 거니까.

정우　팀장님 그러면 블랙박스가 나오면 달라지나요?

형철　글쎄? 달라질 수도 있고. 왜 블랙박스 봤어?

정우　그게 아니라 어제저녁에 뉴스 보는데 블랙박스 나왔더라구요.

형철　뉴스에? 찾아서 보여줄 수 있어?

정우　네. 잠시만요. 여기 있어요. 팀장님.

형철　아 이거 나도 봤어. 근데 그다지 큰 변화는 없을 거야.

정우　왜요? 댓글만 봐도 졸음운전은 절대 아니라는데?

형철　댓글이 무슨 증거가 돼? 전문가들도 아니고. 그리고 저 영상으론 버스 결함인지 알 수 없어.

정우   그래요?

형철   졸음운전으로 결론 날 거야. 블랙박스야 매번 공개되
       는 건데.

정우   근데 블랙박스는 어떻게 유출이 된 거죠?

형철   유가족이 경찰에게 블랙박스를 요구할 수 있지. 그 전
       에 우리가 가져갈 수 있지만 이번에 저쪽에서 먼저 선
       수를 친 거지.

정우   그러면 우리가 불리한 건가요?

형철   우리는 우리 일만 하면 돼. 불리하고 그딴 건 없어. 그
       냥 우리는 보험금을 주느냐 마느냐 그건만 작성해서
       올리면 되고 결정은 위에서 하는 거니까.

이때 주혁이 들어온다.

조금 지친 표정이다.

정우   계장님 오셨어요?

형철   왔어?

주혁   (자기 자리에 앉으며) 네.

형철   이야기는 잘했어?

주혁   일단 대충 이야기는 들었습니다.

형철   뭐래?

주혁	그게….
형철	왜 부인이 할 말 없대?
주혁	딸이 오는 바람에.
형철	딸하고도 이야기했어?
주혁	네.
형철	뭐래?
주혁	카센터에서 받은 서류들 신문사에 넘기겠답니다.
형철	그래?
주혁	네.
형철	알았어.
주혁	어떻게 할까요?
형철	놔둬, 우리는 우리 일만 하면 되니까. 수고했어. 부인 하고 나눈 이야기만 정리해서 나한테 보고서 올려.
주혁	네. 알겠습니다.
형철	참 내일은?
주혁	버스 회사 관계자랑 만나기로 했습니다.
형철	그래? 알았어, 낼 잘 이야기해보고,
주혁	네.
형철	정우 씨!
정우	네. 팀장님
형철	내일 급히 해야 할 일 없지?
정우	내일요? 네. 급한 건 없습니다.

형철	그러면 내일 나하고 같이 가지.
정우	내일요?
형철	그래. 지난번에 아파트 사건 있잖아.
정우	아 네. 자살했다고 했지요?
형철	그래. 조사하러 가는데 같이 가지. 정우 씨도 이제 하나씩 배워야지.
정우	네. 팀장님.
형철	내가 좀 있다가 관련된 서류 보내줄 테니까 잘 분류해서 정리해놔, 내일 바로 가지고 나갈 수 있게.
정우	네! 팀장님.
형철	신 계장. 자네도 내일 잘 마무리 지어서 일단 모레까지 나한테 보고하고.
주혁	네.
형철	이제 그만 퇴근하지.
정우	넵 수고하셨습니다.
주혁	팀장님 저는 아직 마무리 못 한 일이 있어서 더 있다가 퇴근하겠습니다.
형철	주혁아.
주혁	네.
형철	힘 빼지 말고 적당히 해.
주혁	네.

형철이 퇴장한다.

정우도 퇴근 준비를 한다.

주혁 저 정우 씨?

정우 네?

주혁 내일 외근 가는 거 무슨 사건인지 말해줄 수 있어요?

정우 아. 못 들으셨어요?

주혁 어제 새로 들어온 사건이라는 건만 알아서요.

정우 아! 며칠 전에 아파트에서 여자가 자살했거든요.

주혁 자살이요?

정우 네.

주혁 자살이면 보험금 지급 필요 없지 않나요?

정우 그렇긴 한데 유가족들이 타살이라고 주장하더라구
      요. 처음에 영업 팀에서도 저희한테 안 넘기고 넘어
      가려고 했는데 말이 많아서 일단 내일 조사하러 가는
      거 같아요.

주혁 혹시 자살 이유도 아나요?

정우 글쎄요? 잘은 모르겠지만 가정폭력이라고만 들었어요.

주혁 가정폭력이요?

정우 네. 근데 왜요?

주혁 아 아니요. 그냥 물어봤어요.

정우 혹시 내일 더 알게 되면 알려드려요?

주혁	아 아니요. 괜찮아요. 그냥 어떤 사건이가 해서.
정우	넵 그럼 저는 퇴근하겠습니다. 계장님 넘 늦게 있지 마시구요.
주혁	네. 내일 봐요.

정우 퇴장.

주혁 생각에 잠긴다.

암전.

5장.

조명이 들어온다. 무대는 병원 복도이다.

무대 중앙에는 긴 의자가 하나 놓여 있다.

형철 초조해 보인다.

무대 뒤쪽에는 수술중이라는 푯말이 걸려 있다.

삑 소리가 난다. 형철 자리에서 벌떡 일어난다.

형철 (다급한 목소리로) 선생님! 소민이는 좀 어떻습니까? 수술은 잘 됐습니까? 감사합니다. 선생님 우리 소민이 잘 부탁합니다. 선생님.

형철 고개를 90도로 숙인다.

주머니에서 휴대폰을 꺼낸다.

형철 예. 어머니, 소민이 수술 끝났습니다. 일단 위험한 고비는 넘겼다고 하네요. 그래도 아직 중환자실에서 경과를 지켜봐야 할 것 같아요. 네. 지금 소민이 엄마가 옆에 있으니 걱정마세요. 전 내일 출근해야죠. 아닙니다. 오실 필요 없어요. (사이) 저 어머니… 아닙니다. 소민이 깨어나면 연락드릴게요. 네. (다시 전화를 건다) 네! 장인어른! 소민이 수술 끝나고 병실에 들어갔습니다. 네. 네. 아직 경과를 지켜봐야 한다고 합니다. 걱정 마십시오. 좀 있다가 소민이 엄마 집으로 보내겠습니다. 제가 있으면 되니까요. 괜찮습니다. 소민이 엄마 아무것도 못 먹고 하루 종일 소민이 옆에 있었거든요. 네. (사이) 저 장인어른… 아… 아닙니다.

형철 전화를 끊고 한숨을 쉰다.
다시 전화를 건다.

형철 여보세요? 어! 어! 그래! 잘 지내냐? 나야 잘 지내지. 요새 뭐하고 사냐? (웃음) 사는 게 다 똑같네. 그보다 (머뭇거린다) 야 아니야! 돈은 무슨! 돈 때문에 전화한 거 아니야! 임마! 술이나 한 잔 하자고! 유부남 된 뒤로 술 한잔 제대로 못 하네. (웃음) 그래. 그래! 다 같이 보자.

형철 전화를 끊고 의자에 앉아 고개를 숙인다.

암전.

6장.

조명이 들어온다. 장소는 병실이다.

무대 중앙에는 침대가 놓여 있다.

주혁은 그 옆에 앉아 있다.

주혁 언제까지 잠만 잘 겁니까? 따님은 당신 때문에 뛰어
다니는데.

박씨 (입술을 움직인다. 그러나 침만 줄줄 흐른다)

주혁 (수건으로 입술을 닦으며) 졸음운전으로 결론이 날 겁니
다.

박씨 (손가락을 들어 움직인다)

주혁 볼펜이라도 드릴까요?

박씨 (손가락을 움직이며) 어… 어으… 어으….

주혁 (박씨의 손을 잡으며) 이건 너무 잔인한 일입니다.

암전.

7장.

조명이 들어온다. 무대는 보험사 탕비실이다.

무대 중앙에는 작은 삼단 수납장이 있다.

수납장 위에는 믹스 커피와 녹차 그리고 과자 따위가 놓여
있다.

주혁이 커피를 타고 있다. 이때 형철이 들어온다.

형철 일찍 들어왔네?

주혁 네. 커피 한 잔 드릴까요?

형철 어. 믹스로 한 잔.

주혁 평소에 아메리카노만 드시잖습니까?

형철 지겨워. 매번 외근 나갈 때마다 먹으려니.

주혁 다른 거 드시면 되죠.

형철 비싸.

주혁 월급도 저보다 더 많이 받으시면서.

형철 난 딸린 가족이 있잖아. 거기다 애도 아프고.

주혁 소민이는 좀 어떤가요?

형철 급한 건 넘겼지.

주혁　지난주에 수술 한다면서요?

형철　했지. 근데 지켜봐야 해.

주혁　죄송합니다.

형철　(웃으며) 왜 니가 죄송해?

주혁　아니… 그게….

형철　됐어. 급한 고비는 넘겼으니까. 괜찮아.

주혁　다행이군요.

주혁이 커피를 형철에게 건네준다.

형철　주혁아.

주혁　네. 팀장님.

형철　오늘 어디 갔다 왔어?

주혁　(아무 말이 없다)

형철　어디 갔다 왔냐니까?

주혁　죄송합니다.

형철　주혁아. 병원 갔지?

주혁　(아무 말이 없다)

형철　주혁아.

주혁　말씀하세요.

형철　내가 무슨 말 할 줄 알고?

주혁　팀장님이 제 이름 불렀을 땐 위에서 뭔가 지시가 내렸을 때니까요.

형철 (웃으며) 내가 그렇게 정이 없었나? 두 번 정도인 거 같다. 네가 이 부서에 들어오고 이름을 부른 것이.

주혁 (아무 말이 없다)

형철 내가 모를 거라 생각하지는 않겠지? 알면서도 너는 병원에 갔고. 이유는 묻지 않을게. 이 일 넘겨.

주혁 무슨 말인지 모르겠습니다.

형철 넌 이제 손 떼라고. 앞으론 내가 맡을게. 정우가 보조할 거고.

주혁 정우도 아나요?

형철 아직 몰라. 좀 있다 말할 거야.

주혁 버스에 결함이 있습니다.

형철 주혁아.

주혁 증거도 영상도 다 있습니다.

형철 주혁아.

주혁 기자가 연락이 왔습니다.

형철 근데?

주혁 모른 척하라는 말씀이잖습니까?

형철 모른 척하는 게 아니라 모르는 거야.

주혁 방관하라는 건가요?

형철 신주혁! 내가 이 정도 말했으면 다 알면서 그러는 거야?

주혁　눈에 뻔히 보이는데 모른 척하라니까 그러는 겁니다.

형철　그러면? 지금까지 했던 일들은 다 안 보여서 모른 척
했나?

주혁　(아무 말이 없다)

형철　그때도 안 보여서? 아니면 어려서?

주혁　그만하십시오.

형철　니가 술 먹고 나한테 한 말이야.

주혁　그때는 어렸습니다.

형철　지금은 어른이라서 괜찮다고?

주혁　다르니까요

형철　그러면 지금까지 어렸다는 거네?

주혁　놀리지 마십시오.

형철　(큰소리로) 어리광부리지 마라! 너 역시 다를 바 없어!
(숨을 고른다) 모른 척하는 것이 아니라 모르는 거다. 우
리는 우리 일만 할 뿐이야.

주혁　그러면 우리 일만 하면 되죠!

형철　근데 왜 이렇게까지 하냐고?

주혁　형식적인 거라면서요!

형철　그래! 그 형식적인 거라도 만드는 게 우리 일이니까!
(숨을 고른 뒤) 이번에 아주 간단한 사건이 새로 들어왔
어. 그거 네가 해. 적당히 말 들어주고 보험금 지급하
면 되니까. 이 사건은 내가 맡는다. 난 더 이상 할 말

없어.

형철 퇴장.
주혁 괴로운 표정을 한다.

암전.

8장.

조명이 들어온다. 무대는 보험 회사 사무실이다,

형철 자! 이제 그만하고 퇴근해. 오늘 수고 많았어.

정우 수고하셨습니다!

형철 그래! 주말 잘 보내고! 참 주혁아 잠시 나 좀 보자,

주혁 네. 팀장님.

정우 그럼 다음 주 뵙겠습니다!

정우 퇴장.

형철 새 사건 잘 마무리 했어? 들어보니 깔끔하다고 칭찬이
　　　자자해.

주혁 복잡한 사건이 아니었는데요.

형철 그래도 자칫하면 복잡해질 사건이었어. 자네니까 그
　　　정도로 끝이 난 거지.

주혁 그쪽에서 순수하게 인정했으니까요.

형철 그래 수고했어.

주혁	근데 왜 부르신 거예요?
형철	버스 말야.
주혁	다 끝난 거 아닌가요?
형철	그래. 벌써 마무리했지.
주혁	회사가 원하는 대로 맞죠?
형철	그보다 줄 게 있어.

형철 주머니에서 녹음기를 꺼내 주혁에게 준다.

형철	가져가.
주혁	다 끝난 마당에 왜 주시는 거죠?
형철	다 알고 있었잖아. 내가 가져간 거
주혁	우리는 어차피 모르는 거니까요.
형철	어떻게 처리할지는 알아서 해.
주혁	버릴까요?
형철	그건 네가 알아서 해.
주혁	만약 제가 이걸 세상에 알린다면요?
형철	나야 모르지.
주혁	바라시는 게 뭐죠?
형철	없어. 그냥 주는 거야.
주혁	그럼 제가 맘대로 해도 되는 거죠?
형철	그래. 맘대로 해.

주혁   이건 회사에서 모르는 일인 거죠?

형철   나도 모르는 일이고.

주혁   그럼 제가 맘대로 하겠습니다.

형철   그래. 주말 잘 보내고 다음 주에 보자.

주혁   가십시오.

형철 퇴장. 주혁이 무대 중앙으로 나온다.

조명이 살짝 어두워진다.

가면을 쓴 세 사람이 들어온다.

세 사람은 무대 뒤편에 선다.

세 명의 사람들은 돌아가며 인터뷰를 한다.

사람1   (관객석을 향해) 한 번 휘청거렸던 것 같아요. 그때 좀 무서웠죠. 버스가 갑자기 멈춘 건 기억이 나요. 넘어질 뻔했거든요. 다친 사람은 없었어요. 버스에 탄 사람이 별로 없었거든요. 다음 날 기사를 봤는데 할아버지 한 명이랑 택시 기사 한 명이 다쳤다고 나오더라구요. 근처에 택시가 있었던가?

사람1 대사를 마치고 주혁 오른쪽에 선다.

사람2   기억이 나요. 횡단보도 앞이었어요. 신호를 기다리고 있었어요. 버스가 엄청난 속도로 오고 있었어요. 신호등이 있는데도 속도를 줄이지 않았어요. 첨에 음주운전이라고 생각했어요. 다행히 빨간 불이었어요. 아마 파란불이었다면 생각만 해도 무섭지 않나요? 근데 기사 보니 졸음운전이라던데 그때 제가 버스 기사를 봤거든요. 눈을 뜨고 있던데요?

사람2 대사를 마치고 주혁 왼쪽에 선다.

사람3　　성실한 사람이었어요. 한반도 일을 빠진 적이 없었으니까요. 그날도 특별히 이상한 점은 없었습니다. 병이요? 아니요. 겉으로 보기엔 굉장히 건강해 보였으니까요. 아! 최근에 브레이크가 이상하다고 했었어요. 그렇지요. 운행 전에 기사가 버스 상태를 체크하는 건 당연하죠.

사람3 대사를 마치고 주혁의 뒤에 선다.
세 사람은 주혁을 바라본다.
주혁 한 손에 녹음기를 들고 괴로운 표정을 한다.
세 사람이 주혁의 주변을 빙빙 돈다.
어두운 음악이 들리면 세 사람 주혁을 감싼다.

암전.

에필로그

소리가 사라진다. 고요하다.

잔잔한 음악이 흐른다.

바람 소리, 흐느끼는 소리와 고함소리가 낮게 들린다.

정적.

목소리(여자) 주혁아! 주혁아! 엄마가 예전에도 말했잖아. 친구라도 도와주면 안 된다고.

목소리(남자) 주혁아! 모르는 척하는 게 아니라 모르는 거야! 모르는 거!

목소리(여자) 엄마 말 들어! 알았지? 모르는 거야.

목소리(남자) 내 말 들어! 알았지? 모르는 거야.

목소리(여자) 어쩔 수 없어.

목소리(남자) 힘이 없으니까!

남자와 여자의 목소리가 뒤섞이다 소리가 뭉개진다.

여자의 울음소리가 낮게 깔린다.

버스 기사의 울음소리가 낮게 깔린다.

소리가 꺼지고 정적이 흐른다.

암전.

시간을 팝니다

최혜녕

멘토 전호성

등장인물

해태   29~35세. 충동적 성격의 은둔형 외톨이.
엄마   50대. 난폭한 아들을 두려워하면서도 아낌.
의사   50대. 인적이 드문 병원의 괴짜 의사.
구매자 마치 구매 대리인인 듯 사무적이고 건조한 말투

시간

가까운 미래

장소

해태의 방, 병원

무대

각 장소/시간을 명확하게 표현하되 전환이 용이하게

1장.

해태의 방.
인터넷 도박에 몰두해 있는 해태.

해태   (간절하게) 제발… 제발… 제발… (꽝이다) 아, 씨발! 이걸 못 따냐? 내가 배팅을 얼마나 올려놨는데! 아, 진짜 빌어먹을 시스템!!

책상 위에 놓인 휴대전화에서 문자 메시지 알림이 이미 몇 차례 울렸지만, 해태는 씩씩대느라 미처 보지 못했다.
조심스럽게 방 안으로 들어오는 해태의 엄마.

엄마   해태야, 저녁 먹어야지.
해태   내가 지금 밥 먹게 생겼어? 나가!
엄마   그래도 밥은 먹고….
해태   (말을 끊으며) 안 먹는다고! 좀 두 번 말하게 하지 말라고! 아, 얼른 나가!

엄마를 문 밖으로 밀어내는 해태.

때마침 다시 울리는 휴대전화 메시지 알림음.

해태, 휴대전화를 확인한다.

해태 뭐야, 이건. 대출 문자인가? 시… 간? (헛웃음) 시간을
산다고? 뭔 개소리야… 잠깐만, (휴대전화를 얼굴 가까이로
가져가 손가락으로 짚으며) 이게 얼마야? 일, 십, 백, 천, 만,
십만, 백만, 천만… 뭐?!

곧장 통화버튼을 누르는 해태.

몇 번의 신호음 끝에 누군가 전화를 받는다.

해태 아, 여보세요? 저기… 시간… (미처 말을 잇기도 전에 끊어
진다) 뭐야, 이거. 여보세요? 여보세요?

해태, 당황해하며 전화기를 바라보는데, 문자 메시지가 도
착한다. 급히 확인하는 해태.

해태 링크? 더럽게 불친절하네. (확인) 이 사이트는 또 뭐야?
그냥… 가입하면 되는 건가? 이름… 전화번호… 주민
번호… 이메일… 계좌번호… 이거, 사기 아냐? (사이)
에라 모르겠다. 오케이.

가입과 동시에 걸려오는 전화.

황급히 받는 해태.

해태 저기요, 그렇게 전화를 끊으시면….

구매자 (마치 기계 같은 말투와 목소리로) 시간 판매하시려는 거
죠? 나이가 어떻게 되세요?

해태 예? 아, 스물아홉입니다. 저기요, 근데… 그 액수 말이
에요… 진짜 문자에 나와 있는 대로….

구매자 판매하실 시간은 총 30년이고 처음 1년엔 5년, 그 이
후부터는 3년씩입니다.

해태 네? 그게 무슨… (농담) 아, 그럼 저는 뭐… 한 70살에
죽는 건가요? 100세 시대니까. (진지) 그런 거예요?

구매자 돈은 회원가입 하실 때 기재하신 그 계좌로 지금 바로
입금됩니다. 문제 되는 사항은 지금 말씀해 주시고 영
수증 및 계약서는 사이트에서 확인하세요.

해태 (놀라며) 지금 바로요?! (아닌 척) 네, 알겠습니다.

통화를 끝내자마자 문자 메시지로 입금 확인 알림이 전송
된다.

속전속결의 진행에 잠시 어안이 벙벙한 해태.

금세 정신을 차리고 액수를 확인하고는 쾌재를 부른다.

온갖 상상의 나래가 해태의 머릿속에 펼쳐진다.

해태의 행복한 신음과 함께,

암전.

2장.

몇 년 후, 해태의 방.
해태의 일상은 달라진 게 없다. 여전히 밤새 인터넷 도박에 빠져서 지내는 하루하루.
시간의 흐름만큼, 아니 그보다 더 초췌해진 몰골과 주변에 나뒹구는 쓰레기들.

해태 (기도하듯 손을 모으고) 제발 클로버 7, 클로버 7… (모니터를 확인한다) 아싸!! 클로버 7!!

해태, 기쁨에 겨워 급격하게 몸을 일으키다가 허리가 아픈 듯 주저앉는다.

해태 아씨… 요즘 몸이 왜 이러지….

부쩍 눈에 띄게 수척해진 해태.
몸 상태가 예전 같지 않은 듯 어깨와 목과 허리를 어루만진다.

잔기침을 하다가 한 움큼 토해내는 핏덩이를 휴지에 뱉어내는 해태. 들킬 세라 급히 휴지통에 넣는다.

방으로 들어서는 엄마. 그녀의 손엔 피 묻은 휴지 뭉치가 들려 있다.

엄마   (화난 듯 따져 묻는) 해태 너, 이게 대체 뭐야?

해태   별거 아니야, 신경쓰지 마.

엄마   별거 아니긴 뭐가 아니야. 병원엔 가 본 거야?

해태   (짜증스럽게) 아, 별거 아니라고 하잖아. 엄만 어떻게 내 말을 곧이곧대로 들어주는 적이 없냐?

엄마   해태야, 엄마는 니가 걱정되니….

해태   그만해 좀. 지긋지긋하다, 진짜.

엄마를 지나쳐 밖으로 나가버리는 해태.

엄마, 해태의 휴지통에서 피 묻은 휴지 뭉치를 더 발견, 한숨.

3장.

그날 오후. 동네 병원.

구석구석 허름한 것이 뭔가 믿음이 가지 않는 상태의 병원.

발길을 돌리려는 해태를 붙잡는 의사. 해태, 마지못해 앉는다.

의사　그래, 어디가 어떻게 안 좋아서 오셨나?

해태　(통증으로 앓는 소리를 내며 앉는다) 몸이 안 좋아서….

의사　허리? 아니, 허리 통증에 굳이 우리 병원엘 왔어요? 이
먼 곳까지?

해태　그럴만한 이유가… 아니, 됐고. 이게 허리 통증만 있는
게 아니라, 가까이 있는 것도 잘 안 보이고, 무릎도 막
쑤시고, 흰머리도 갑자기 막 나는데… 아, 지금은 염색
한 거예요.

의사　그래요? 그럼 뭐, 일단 검사부터 합시다.

이것저것… 뭔가 좀 이상하다 싶을 정도로 각종 검사를 받는

해태. 매 검사마다 의사는 의아한 표정으로 해태를 살핀다.

마지막으로 시력검사 중인 두 사람.

의사 이거는 보여요?

해태 아니요, 안 보여요.

의사 어? 이게 안 보여요? 안 보인단 말이죠? (갸우뚱) 이상하네….

해태 왜… 왜, 많이 안 좋은가요?

의사 그니까, 서른네 살이라면서요.

해태 네, 서른네 살. 92년생.

의사 신체 나이로는 전혀 서른네 살의 몸이 아닌데… 어떻게 살았는지는 몰라도, 아주 그냥 마음 가는대로 살았나보네.

해태 저 그래도 몸은 꽤 튼튼했거든요. 감기 같은 거도 일절 안 걸리고. 그래서, 뭐가 문제예요?

의사 이게, 뭐라 단정 지어서 말하기가 좀 그런데… 혹시, 최근 몇 년간… 뭐, 큰일이라도 있었어요?

해태 딱히 무슨 일은 없었는데… 아, 술!! 혹시 술이 문제일까요, 선생님?

의사 술? 에이~ 내가 술 많이 마시는 사람들을 얼마나 많이 봤는데, 이렇게는 안 되지. 이건 뭐, 남들 1년 늙을 때 혼자 4~5년은 늙은 거 같구만.

해태 더… 늙는다… 고요? 잠깐!! 잠깐만… 큰일이 있긴 있었어요. 제가 몇 년 전에, 거 뭐시냐… 시간을 팔았는데요, 거기서… 어… 뭐랬더라, 처음엔 5년이고 그 뒤엔 3년 어쩌고 했는데⋯ 그래서, 한 70살 정도에 죽는 다는 말인 줄 알았는데⋯

의사 몇 년 팔았는데?

해태 30년이요.

진료실을 서성이며 생각에 잠긴 의사.

해태 근데, 제 말을 믿으시는 거예요? 시간을 팔았다는 이 야길?

의사 (건성으로) 뭐 굳이 믿어야 해?

해태 그건⋯ 아니죠. 근데, 전혀 놀라시지도 않고⋯.

의사 (생각났다는 듯) 아!! 그래, 그거네!

해태 뭐가요?

의사 수명에서 30년이 아니라, 30년 어치 더 빨리 늙어간 단 소린 거네. 처음 1년엔 5년 빨리 늙고, 그 이후부터 는 3년씩 빨리 늙고. 그러면 지금 몸 상태랑⋯ 얼추 맞 아 떨어지는 거 같은데?

해태 그런 말도 안 되는⋯ 아니, 그런 말 없었잖아!

해태, 구매자에게 다급히 전화를 건다.
통화 연결음 길어지고 초조해하는 해태

해태   받아라, 받아라, 좀 받아라… (연결) 아, 여보세요? 이봐
             요, 내가 지금 알아본 게 있는데….

구매 자   (말을 끊으며) 문제 되는 사항은 계약 이후 일절 언급 않
             겠다는 조항에 서명하셨습니다만.

해태   아니, 저기요!

구매자   더 들을 말 없습니다. 이 번호 차단하겠습니다.

해태   (전화 끊어짐) 아니, 이봐요!! 뭐야, 끊은 거야? 하, 진
             짜….

의사   (조심스레) 저기….

해태   (짜증스럽게) 뭐요!

의사   지금 시간이….

해태   시간이 뭐요!

의사   퇴근할 시간인데… 이제 그만 가주셔야….

해태   아니, 환자가 지금 이 지경인데, 퇴근이라뇨!

의사   저희 병원 경영 방침이라… 그리고, 도와드리고 싶어
             도, 이건 제 영역 밖의 문제라… (해태를 문쪽으로 몰아가
             며) 다음에, 다른 질병이나 부상으로 오시면 잘 해 드
             릴게.

해태   에이 씨! (퇴장)

의사   또 오셔~

병원을 나서서 멀어져가는 해태를 바라보던 의사, 해태의 파

일을 유심히 살펴본다.

암전.

4장.

해태의 방과 병원. 교차.

방 안에서 안절부절 못하며 시간을 보내고 있는 해태와 병원에서 해태의 파일을 들여다보고 있는 의사가 교차로 보인다.

해태   아니지? 아니겠지? 뭔가 착오가 있는 거겠지? 어우, 진짜…. (기침)

의사   엘리자베스 퀴블러 로스는 죽음에 이르는 다섯 가지 단계가 있다고 말했죠. 첫 번째, 부정입니다.

해태   에이, 말도 안 돼. 사람이 어떻게 5년씩, 3년씩 더 늙어? 솔직히 과학적으로도 말이 안 되잖아. 내가 아무리 고등학교도 안 나온 가방끈 짧은 놈이라고 해도, 그런 말도 안 되는 이야길 믿을까봐? 어림도 없지. (기침)

의사   두 번째, 분노 단계. 이 단계에서는 어느 정도 죽음을 인정하고 신이나 운명, 그리고 주변 사람들에게 화를 돌리게 되죠.

해태   (소리 지른다.) 에이 씨팔!! 내가 왜 이런 일을 당해야 되는데!! 왜 이런 일을 당해야 하느냐고!! 그래, 그 새끼.

내 시간 사 간 새끼. 내 전화도 문자도 다 씹는 그 새끼. 잡히면 죽여 버릴 거야. 진짜 죽여 버릴 거라고!! (기침)

의사 세 번째는 협상입니다. 현실을 인정하고, 죽음을 최대한 늦추기 위해 협상을 시도하게 됩니다.

해태 (전화기를 붙잡고) 저기요, 제가 소리 지르고 한 거, 사과드릴게요. 아니, 갑자기 막 내년에 내 나이가 50대 중반이 된다는데, 사람이 어떻게 당황 안 하고 배기나… 저, 돈… 내가 조금, 아니 많이 쓰긴 했지만, 그대로 다 돌려드릴게요. 저 지금 하는 것도 배당률 높게 잘 나오고… 진짜 할 수 있어요. 그러니까 꼭 좀… 네? 연락 주세요. 기다릴게요. (기침)

의사 네 번째는 우울. 보통은 병세 악화로 인해 죽음을 완전히 확신하게 되죠. 해태 씨의 경우는 반응성 우울, 즉 상실감에 대한 우울로 나타나겠군요.

해태 이제 돈도 많아졌는데, 늙었다니… 곧 늙어 뒈진다니… 짧게 산다는 건 줄 알았다고. 짧게 살아도 괜찮다는 거였지, 늙고 싶은 건 아니었다고. 내가 서른네 살에, 노안으로, 우리 엄마 얼굴도 몰라봐서야 말이 되냐고!!

의사 마지막, 수용입니다.

해태 돈… 그래, 이게 다 무슨 소용이야. 더 이상…. (기침)

의사　그렇지만 이 이론엔 비판이 많습니다. 과연 이 순서가 '단계'인지에 대해. 그리고, 사람에 따라 다르게 나타날 수 있는 것들이니까요. 또한, 모두가 무조건 수용 단계에서 끝나는 것도 아닙니다. 수용의 단계가 아예 나타나지 않는 사람도 존재할 수 있는 것이고요.

해태　아니지. 내가 지금 가진 돈이 얼만데. 그래, 절대 포기 못 해. (휴대폰에 대고) 야! 니가 못 돌려주겠다면, 내가 못 구할 줄 알아? (기침) 두고 봐! (기침) 두고 보라구! (기침 그리고 웃음 그리고 또 기침)

끊임없는 웃음과 기침 소리 속에서 해태 쪽 조명 서서히 암전 되면, 의사의 뒤쪽에서 해태의 엄마가 드러난다.

의사　여기까지가, 제가 말씀드릴 수 있는 최선입니다. 아드님 상황은… 어느 정도는 알고 있으신 거죠?

엄마　예.

의사　수명이 짧아진 것까진 아직은 모르겠지만… 남들보다 더 빠르게 나이 먹어 가는 건 사실인 것 같고요… (사이) 그동안 뭐, 도박이나 그런 것보다는, 어머님이랑 여행도 좀 다니고, 모쪼록 활동적인 일상을 보내시는 게….

엄마　아, 아닙니다. 제가 알아서 잘 하겠습니다. 알려주셔서 감사합니다.

해태의 엄마, 비틀거리며 상담실 밖을 나선다.

의사, 그간 따로 연구했던 꽤 많은 양의 해태의 파일을 주섬 주섬 정리해 서랍 깊숙이 넣는다.

암전.

5장.

며칠 후. 해태의 집.

다 죽어가는 시체 같은 몰골의 해태가 멍하니 모니터를 바라
보고 있다.

매일 똑같은 글을 인터넷 곳곳의 자유게시판에 올리고 있다.

해태   (키보드를 두드리며) 시간을… 삽니다.

무대 반대편, 휴대전화를 들고 앉아있는 해태의 엄마.

게시판의 어떤 글을 읽던 엄마, 덤덤하게 댓글을 단다.

엄마   (휴대전화 버튼을 누르며) 시간을… 팝니다.

자신의 글에 달린 댓글을 보며 기뻐하는 표정의 해태와…

웃는 건지 우는 건지 알 수 없는 묘한 표정의 엄마.

서서히 암전되며 막이 내린다.

대명예술공연센터 기획 대본쓰기 프로그램

대명동엔 작가가 산다

초판 1쇄 인쇄일   2021년 7월 25일
초판 1쇄 발행일   2021년 7월 30일

지 은 이   (작품수록순) 강신욱 · 박세향 · 박소영
           박원종 · 이지언 · 최혜녕
멘   토   김성희 · 안희철 · 전호성
편 집 인   대명공연예술센터 대표 이동수
기획교정   사무국장 김현규 · 사무간사 이다은 · 기획홍보 이현정
만 든 이   이정옥
만 든 곳   평민사
           서울시 은평구 수색로 340 〈202호〉
           전화 : 02) 375-8571
           팩스 : 02) 375-8573
           http://blog.naver.com/pyung1976
           이메일 pyung1976@naver.com
등록번호   25100-2015-000102호
ISBN   978-89-7115-782-4 03800
정   가   10,000원

* 이 책은 대명공연예술센터 · 대구광역시 · 대구광역시 남구 · 대명공연예술단체연합회의
  지원을 받아 제작되었습니다.